光文社文庫

文庫書下ろし／長編時代小説

運命《さだめ》

鬼役 三十

坂岡 真

光文社

この作品は光文社文庫のために書下ろされました。

目次

※巻末に鬼役メモあります

幕府の職制組織における鬼役の位置

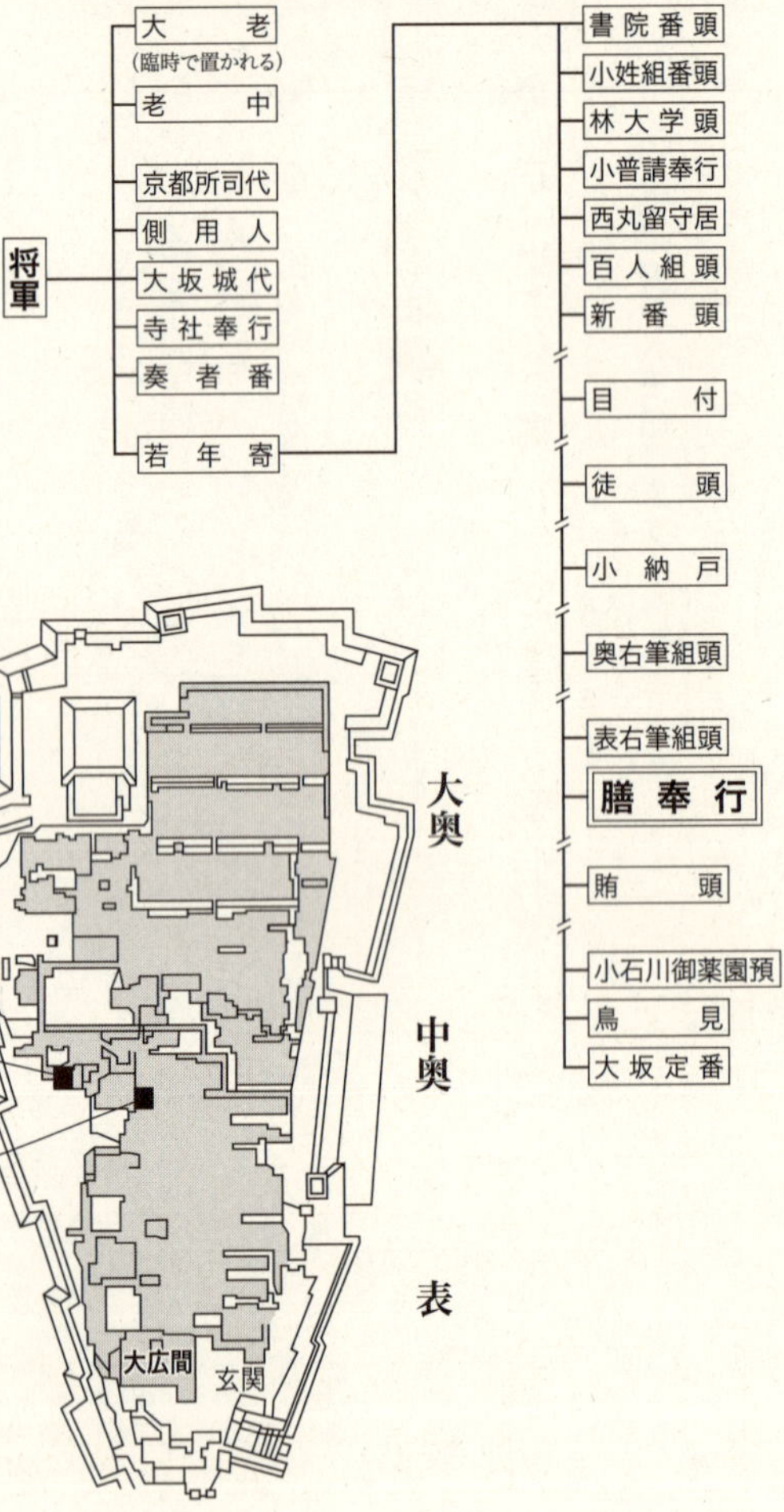

鬼役はここにいる!

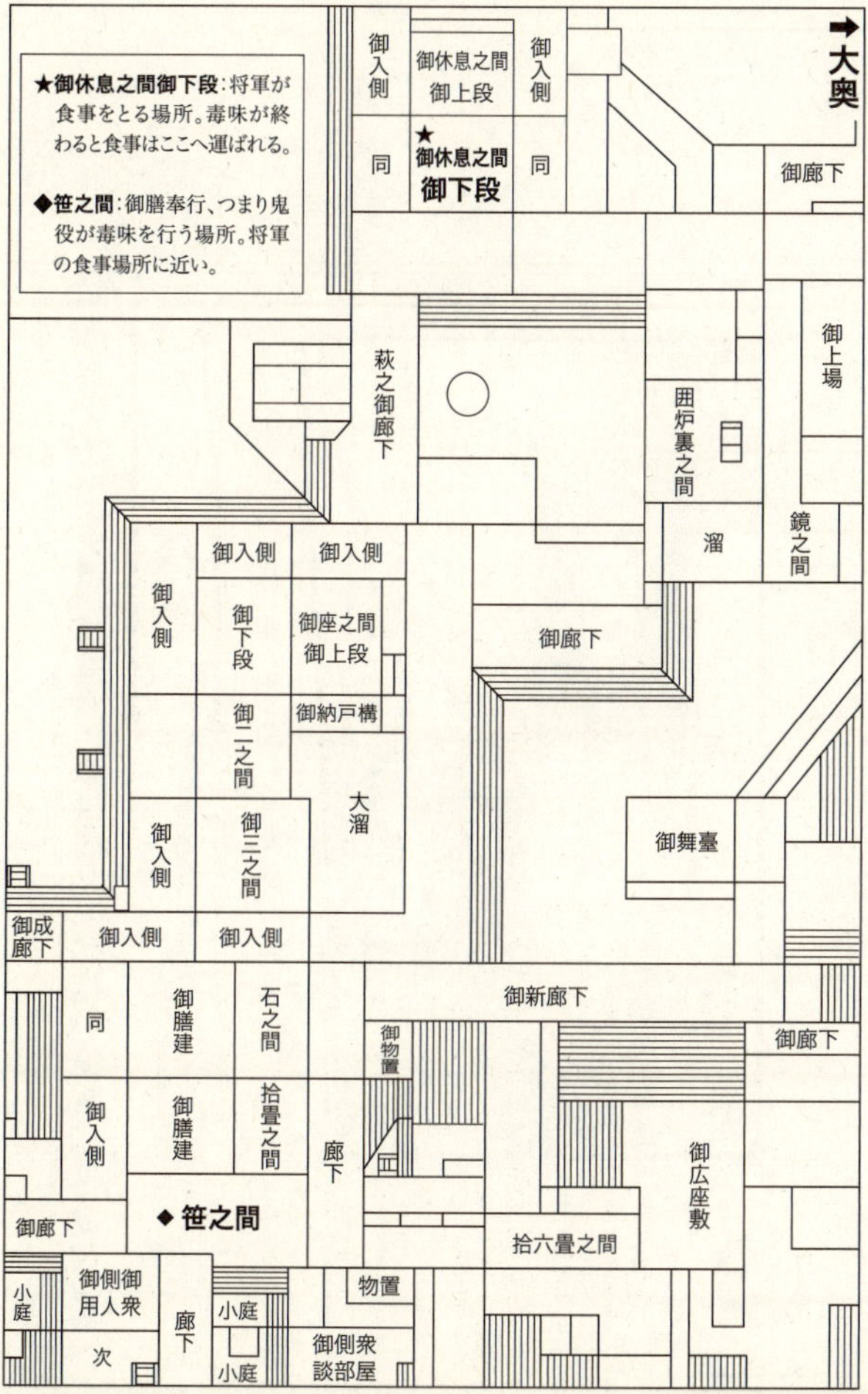

★御休息之間御下段：将軍が食事をとる場所。毒味が終わると食事はここへ運ばれる。

◆笹之間：御膳奉行、つまり鬼役が毒味を行う場所。将軍の食事場所に近い。

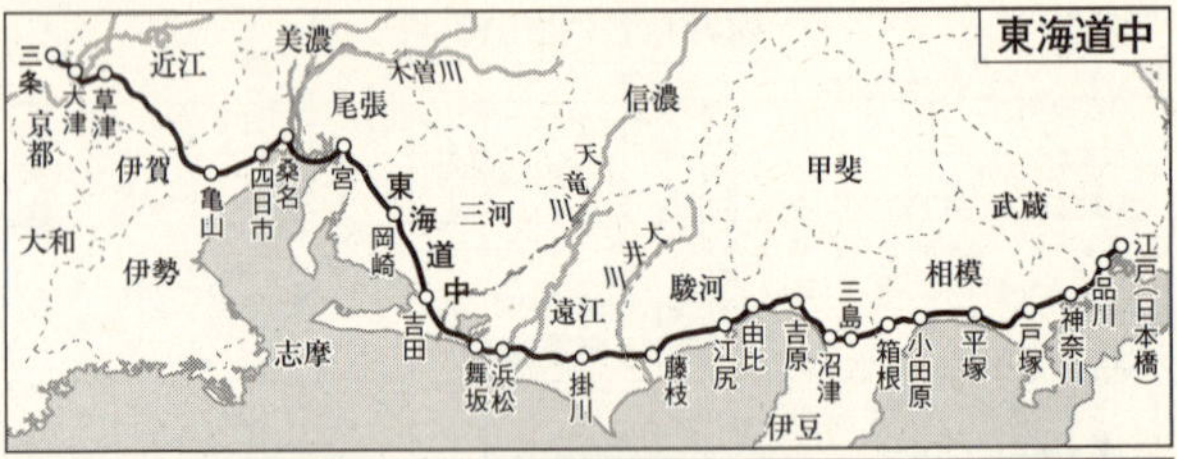
東海道中
三条
京都
大津
草津
近江
美濃
木曽川
尾張
信濃
伊賀
亀山
四日市
桑名
宮
東海道中
岡崎
三河
天竜川
大井川
甲斐
武蔵
大和
伊勢
吉田
遠江
駿河
相模
江戸(日本橋)
品川
神奈川
戸塚
平塚
小田原
箱根
三島
沼津
吉原
由比
江尻
藤枝
掛川
浜松
舞坂
志摩
伊豆

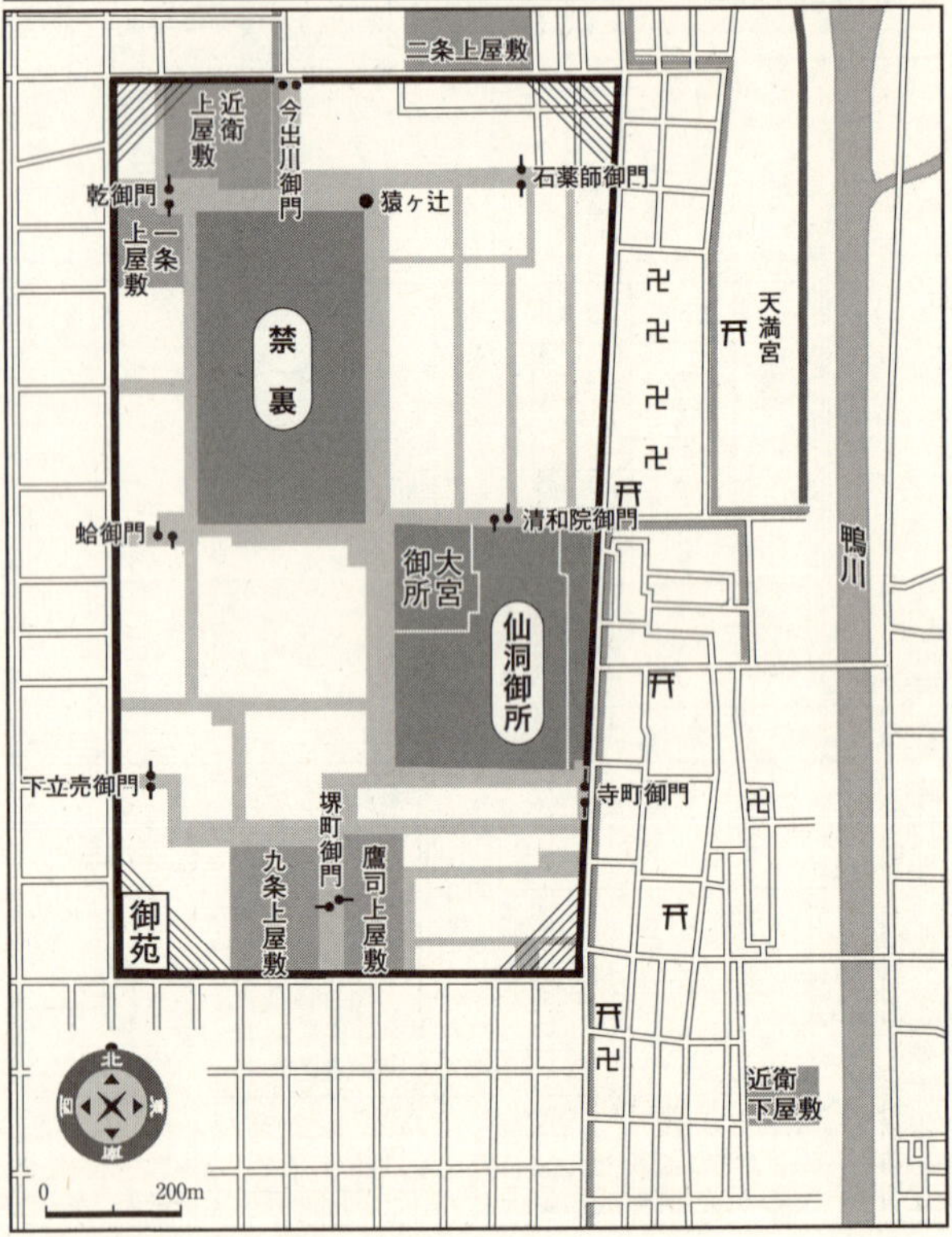
二条上屋敷
近衛上屋敷
今出川御門
石薬師御門
乾御門
猿ヶ辻
一条上屋敷
禁裏
天満宮
蛤御門
清和院御門
大宮御所
仙洞御所
鴨川
下立売御門
寺町御門
堺町御門
九条上屋敷
鷹司上屋敷
御苑
近衛下屋敷
北
東
南
西
0
200m

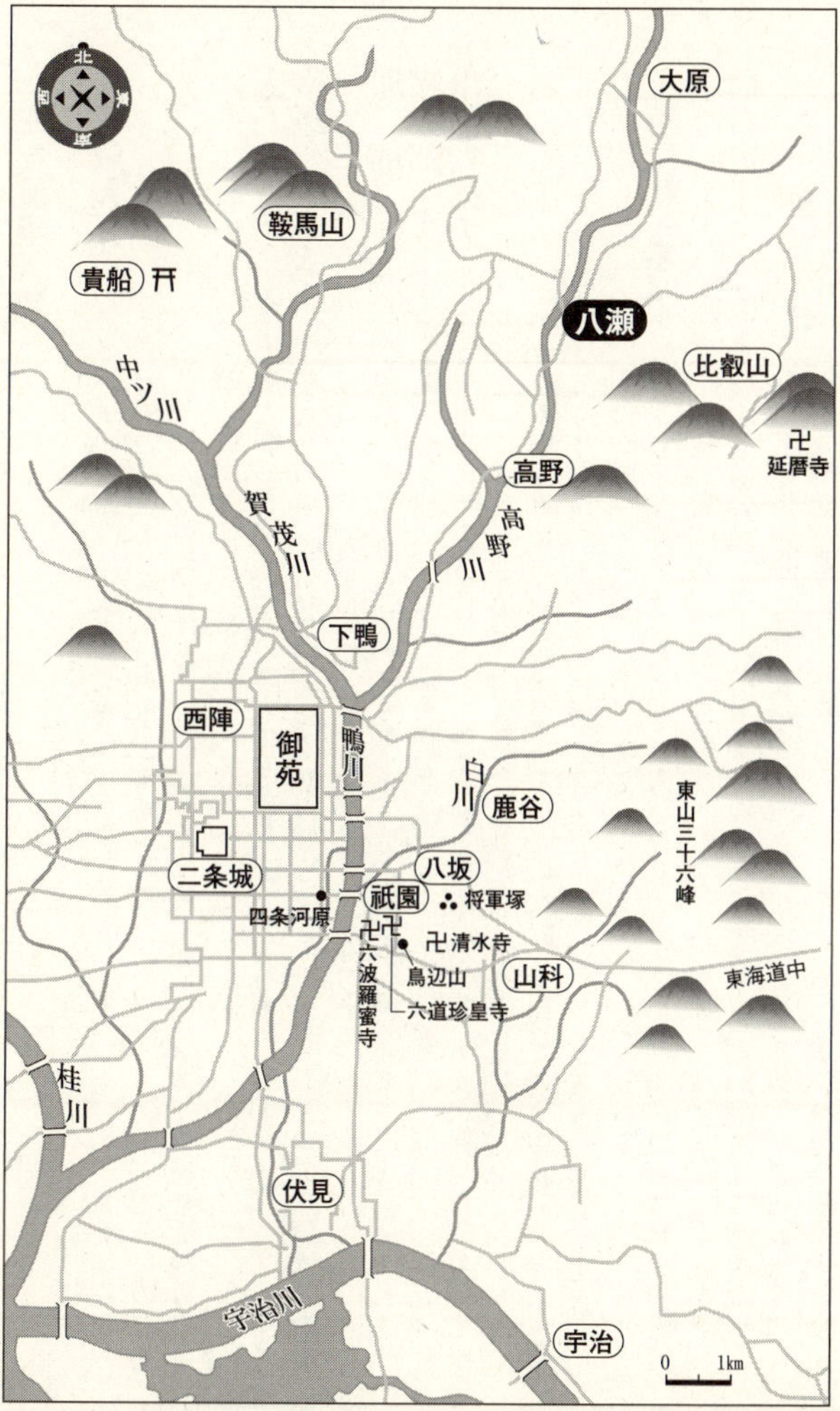
北
東
南
西
大原
鞍馬山
貴船
八瀬
比叡山
延暦寺
中ツ川
高野
賀茂川
高野川
下鴨
西陣
御苑
鴨川
白川
鹿谷
東山三十六峰
二条城
八坂
祇園
将軍塚
四条河原
清水寺
六波羅蜜寺
鳥辺山
山科
東海道中
六道珍皇寺
桂川
伏見
宇治川
宇治
0
1km

主な登場人物

矢背蔵人介……将軍の毒味役である御膳奉行。またの名を「鬼役」。お役の一方で田宮流抜刀術の達人として幕臣の不正を断つ暗殺役も務めてきたが、指令役の若年寄・長久保加賀守に裏切られた。その後、御小姓組番頭の橘右近から再び暗殺御用を命じられている。

志乃……蔵人介の養母。薙刀の達人でもある。洛北・八瀬の出身。

幸恵……蔵人介の妻。徒目付の綾辻家から嫁いできた。蔵人介との間に鐵太郎をもうける。弓の達人でもある。

卯三郎……訳あって矢背家の居候になったが、矢背家の家督を継ぐことを認められた。

鐵太郎……蔵人介の息子。いまは蘭方医になるべく、大坂で修業中の身。

串部六郎太……矢背家の用人。悪党どもの臑を刈る柳剛流の達人。長久保加賀守の元家来だったが、悪逆な遣り口に嫌気し、蔵人介に忠誠を誓う。

おふく……日本橋芳町にある一膳飯屋「お福」の女将。かつて吉原の花魁。身請けしてくれた商人が抜け荷に絡んで没落し、裸一貫から一膳飯屋を立ち上げた。串部が見世の常連で、おふくに惚れている。

土田伝右衛門……公方の尿筒持ち役を務める公人朝夕人。その一方、裏の役目では公方を守る最後の砦。武芸百般に通暁している。

橘右近……御小姓組番頭。蔵人介のもう一つの顔である暗殺役の顔を知る数少ない人物。若年寄の長久保加賀守亡きあと、正義を貫くため、ときに蔵人介に奸臣の成敗を命じる。

そのほかの登場人物

猿彦……洛北の八瀬衆のひとり。八瀬の出身ゆえ蔵人介の養母である志乃との付き合いは古く、志乃を敬う。志乃の命を救ったこともある。
家慶……第十二代将軍。第十一代将軍家斉のあとを受けて、最近、将軍となる。
家斉……第十一代将軍。家慶の父。最近、家慶に将軍位を譲ったが、自らは大御所として西ノ丸から睨みを利かせている。
桜木兵庫……鬼役の相番。酒樽並みに肥えている。千代田城内の裏事情にも長けていて、ときに蔵人介を驚かす。
水野越前守忠邦……老中。家斉の十九男で尾張藩主であった斉温の後釜に、またも家斉の十二男の斉荘をつける。
徳川斉荘……尾張藩十二代藩主。
成瀬隼人正正住……尾張家付け家老。水野忠邦とともに、家斉の十九男の前藩主・斉温の後釜に、家斉の十二男・斉荘をつける。
土岐久通……成瀬家の国家老。
牧野備前守忠雅……京都所司代。橘右近と懇意。
近衛忠煕……五摂家のひとつ、近衛家の当主。
犬丸大膳……甲賀五人之者を束ねる総帥。蔵人介を以前、敵として狙っていたが、途中から、仲間になれと誘った。

鬼役 二十

運命《さだめ》

第一章　秋元但馬守《あきもとたじまのかみ》

一

天保《てんぽう》十一年、葉月朔日《はづきついたち》。

江戸は暴風雨に襲われた。

「野分《のわき》め」

将軍家毒味役の矢背蔵人介《やせくらんどのすけ》は前屈みになり、内桜田御門《うちさくらだごもん》前の下馬先を通りすぎたところだ。

細長い身を黒い裃《かみしも》に包んでいるせいか、強風に煽《あお》られた濡れ烏《がらす》にみえる。

「髷《まげ》まで飛んでしまいまするな」

後ろで従者の串部六郎太《くしべろくろうた》が叫んだ。

蟹《かに》のように横幅のある従者は、蔵人介の腰に差された刀をちらりとみる。

いつもの長柄刀《ながつか》でないことに、どうやら言い知れぬ不安を感じているらしい。

長らく親しんできた愛刀の来国次《らいくにつぐ》は、巌流《がんりゅう》の遣い手である室田佐五郎《むろたさごろう》との死闘で折れた。そののちは馴染みの刀剣商から譲りうけた無銘刀を差しているのだが、柄内に八寸の刃を忍ばせる細工はほどこしていない。それゆえ、腰の据わりが今ひとつしっくりきておらず、串部も同じ印象を抱いているようだった。

「いざとなれば、鬼包丁《おにぼうちょう》がござります」

練兵館《れんぺいかん》総帥の斎藤弥九郎《さいとうやくろう》から頂戴した秦光代《はたみつしろ》の脇差である。

矢背家の養子に定まった卯三郎《うさぶろう》が、師の斎藤から「十人抜きの祝いに」と秦光代の名刀を譲りうけた。そのとき、斎藤と竹刀で互角に闘った蔵人介も「鬼包丁」と称する名脇差を貰ったのだ。

斎藤は「鬼に金棒ならぬ、鬼役に鬼包丁でござるよ」と戯《おど》けてみせたが、愛弟子の卯三郎を矢背家の跡目《あとめ》に決めたことへの御礼らしかった。

矢背家の家業は「鬼役」と呼ばれる毒味役だが、当主の蔵人介は幕臣随一と評される田宮流居合《たみやりゅういあい》の遣い手でもあり、裏では奸臣成敗《かんしんせいばい》の密命を帯びている。裏の顔を知らぬはずの斎藤に宝刀の脇差を授けられた理由はわからない。

ともあれ、不測の事態が勃《お》これば、刃長二尺五寸の無銘刀を囮《おとり》に使って一尺五寸の脇差で挑む覚悟はできていた。蔵人介は常のように、死ぬる覚悟をもって出仕している。そのあたりが常人とはあきらかにちがうところだ。

雨風は収まる気配を知らない。

出仕する役人たちはみな、鬢を逆立て、裃をはためかせていた。

今日は徳川《とくがわ》家が関東へ入国した八朔《はっさく》の祝日、諸大名や大身旗本《たいしんはたもと》には登城が義務づけられている。公方家慶《いえよし》もふくめて御城に集う者はすべて、白帷子《しろかたびら》と長裃を着けねばならない。ただし、ほとんどの者は昨晩のうちに家から白装束を届けさせ、出仕の際は濡れてもかまわぬ恰好をしていた。

全身ずぶ濡れなので、風邪をひく者も出てこよう。

「それでは、行ってらっしゃいませ」

内桜田御門の手前で串部に見送られ、蔵人介は濡れた玉砂利を踏みしめつつ御殿へ向かった。

下乗橋《げじょうばし》を渡って大手三ノ御門を抜け、左手に縦長の百人御番所を眺めながら右手斜めへ進む。そして中ノ御門を潜ると、正面左右に書院出櫓《しょいんでやぐら》と書院二重櫓が聳《そび》えたち、さらにそのさきには八方正面の富士見三重櫓が屹立《きつりつ》していた。

富士見三重櫓は、明暦《めいれき》の大火で失われた御天守の代用でもあるという。曇天に沈む灰色の櫓を遠望しつつ、石段を上って中雀《ちゅうじゃく》御門を潜る。すると、左手斜めに壮麗な表玄関があらわれるのだが、中奥《なかおく》へ出仕する者たちは表玄関ではなく、右脇の御長屋門のほうへまわらねばならない。

じつは、老中たちもそちらへまわる。

蔵人介は「御老中口」とも呼ぶ御納戸《おなんど》口を左手に眺めながら奥へ向かい、御台所門から中奥へと踏みこんでいった。

どうにかたどりついた殿中は、三和土《たたき》も廊下も水浸しになっている。

小役人やお城坊主が慌ただしく行き交い、何とも落ちつかない雰囲気だ。

控え部屋で肌着と足袋《たび》を新しいものに替え、あらかじめ預けておいた白装束に着替えた。

帯をぽんと叩けば、気持ちがきりりと引き締まる。

蔵人介は「よし」と小さくつぶやき、毒味役が御用を果たす笹之間《ささのま》へ足を運んだ。

すでに、宿直《とのい》の同役が朝餉《あさげ》の御用を済ませているので、昼餉の毒味が本日手始めの役目となる。

表向《おもてむき》の大広間では、諸大名や大身旗本たちの参賀がおこなわれているところだ。

公方とともに側近たちも移動するので、中奥は大厨房を除けば静まりかえっている。

笹之間では、同役の桜木兵庫《さくらぎひょうご》が同じ白装束で待ちかまえていた。

「矢背どの、とんだ八朔になり申したな」

桜木は醜いほどに肥えているので、海狗腎《かいくじん》という腎張薬《じんばりぐすり》の商標に描かれた膃肭臍《おっとせい》をおもいだす。

膃肭臍と言えば、西ノ丸に隠居した家斉《いえなり》もかつてはそう綽名《あだな》されていた。近頃は病がちで、めっきり衰えてしまったとの噂もある。

一方、公方家慶は生気を漲《みなぎ》らせていた。

不老長寿を望んでか、好物の酒も控えめにし、膳に並べる料理も塩っ気の少ないものにせよと注文までつけてくる。御膳所の庖丁方は当初こそ戸惑ったものの、試行錯誤を繰りかえすなかで塩梅《あんばい》をおぼえた様子だった。

もちろん、蔵人介の舌は味の微妙な変化も逃さない。

さっそく運ばれてきた一ノ膳の平皿には、初鮭《はつじゃけ》の味醂《みりん》焼きが載っていた。猪口《ちょく》には、はらごと呼ぶ鮭の卵もみえる。

肥えた相番が涎《よだれ》を啜った。

「矢背どの、見事に艶めいたはらごにござるぞ。それをな、ほかほかの白飯にのっけて、かっこむのでござるよ。ふほほ、考えただけでもこたえられぬ」

毒味をせずともよい監視役なので、能天気に好き勝手なことを言う。

蔵人介は何もこたえず、修験僧《しゅげんそう》のごとき境地で膳に向かった。

毛髪は無論のこと、睫毛《まつげ》の一本でも料理に落ちたら、叱責《しっせき》どころでは済まされぬ。料理に息がかかるのも不浄なこととされ、箸で摘《つま》んだ切れ端を口へもってくるだけでもけっこうな手間が掛かる。

一連の動作をいかに素早く正確におこなうかが、毒味役の腕のみせどころだ。

蔵人介は懐紙で鼻と口を押さえ、自前の杉箸を器用に動かしはじめた。

初鮭とはらごは後まわしにし、向こう付けのお造りに取りかかる。

旬の魚は細魚《さより》だ。

刺身をひと切れ頬張り、山葵《わさび》も摘んで舐《な》めた。

鼻につんときても、顔には出さない。

つぎは汁、椀を手に取り、音を起《た》てずに啜る。

汁の実は芽独活《めうど》と切り卵で、柚子《ゆず》の欠片がちりばめられていた。

椀を置き、初鮭の切片をほぐして食す。皮も舐めて毒の有無を調べ、はらごは何粒か口に入れる。ぷつっと潰《つぶ》れた瞬間、海の香りがひろがったものの、味わっている暇はない。付けあわせの白鬚《しらひげ》大根も摘み、微妙な苦みの理由を探った。

別の平皿には鯖《さば》の芥子《からし》酢味噌煮なども見受けられ、小鳥のたたきもあれば、つかみ豆腐の椀や酢の物の小鉢などもある。

これらを手際よく片づけるころ、小納戸《こなんど》衆の手で二ノ膳が運ばれてきた。

二杯目の汁は薄塩仕立て、実は鯛《たい》のすり流しだ。

置合わせは蒲鉾と玉子焼き、お壺はからすみ、いずれも定番の献立である。

初茸《はつたけ》の賽《さい》の目切りもあれば、醬油でつけ焼きにした茹で蓮根《れんこん》や柿の白和《しらあ》えもあり、酒の肴《さかな》としかおもえぬ干し鰯《いわし》の芥子和えなどもあった。

七宝《しっぽう》焼の平皿には、鱚《きす》の塩焼きとつけ焼きが載っている。

魚だけで何種類もあり、汁椀や小鉢のたぐいは途切れることを知らない。

蔵人介は感情を面《おもて》にあらわさず、毒味は淡々とすすんでいく。

汁椀から小鉢へ、小鉢から猪口へ、そして、いよいよ尾頭付きの番になると、相番の桜木が膝を乗りだしてきた。

「本日は真鯛でござるな」

月の朔日、十五日、二十八日の三日間は「尾頭付き」と称し、かならず鯛か平目《ひらめ》が膳に載る。「尾頭付き」の骨取りは鬼役最大の鬼門と言われており、魚のかたちをくずさずに背骨を抜き、箸で丹念に小骨を取らねばならない。

頭、尾、鰭《ひれ》の形状を変えずに骨を抜き取ることは、熟練を要する至難の業《わざ》だ。

蔵人介はこれを、いとも簡単にこなしていった。

「ふう」

安堵《あんど》の溜息を吐いたのは、指をくわえてみていた桜木のほうだった。

毒味も終盤に差しかかったころ、中奥の廊下が何やらざわつきはじめる。

表向で催される贈答の儀が終わり、公方がもうすぐ中奥へ戻ってくるのだ。

毒味の済んだ膳はお戻りに合わせ、小納戸衆の手で「お次」と呼ぶ炉《ろ》の設《しつら》えられた隣部屋へ移される。汁物や吸物は替え鍋で温めなおし、すべての料理は梨子地《なしじ》金蒔絵《きんまきえ》の懸盤《かけばん》に並べかえねばならない。一ノ膳と二ノ膳、銀舎利《ぎんしゃり》の詰まったお櫃《ひつ》が支度されたのち、公方の待つ御小座敷《おこざしき》へ運ばれていく。

中奥東端の御膳所から西端の御小座敷までは遠い。

小納戸方の配膳役は、長い廊下を足早に渡っていかねばならない。汁を数滴こぼすくらいならまだよいが、懸盤を取りおとしでもしたら首が飛ぶ。滑って転んで汁まみれになり、味噌臭い首を抱いて帰宅した若輩者もあった。

ただし、そう多くはない。

死に神に寄りそわれているのは、むしろ、鬼役のほうだ。

蔵人介は何度か毒を食らい、生死の狭間を彷徨《さまよ》った。

「どう考えても割に合わぬ役目よ」

と、桜木は口癖のようにこぼす。

毒を食らって死ぬこともあろうし、小骨を取り損なって切腹を申しわたされる危うさも孕《はら》んでいる。神経の磨り減る役目にもかかわらず、役料は二百俵しか貰えず、公式行事では布衣《ほい》の着用も許されていなかった。

「やはり、割に合わぬ」

毒味役を腰掛け程度にしか考えていない者には、なるほど、苦痛以外のなにものでもあるまい。

だが、蔵人介はちがう。毒味役を生涯の役目と考えている。

そもそもは御家人《ごけにん》の家に育った。息子を旗本にしたい父孫兵衛《まごべえ》の意向に沿って十一歳で矢背家の養子となり、十七歳で跡目相続を容認されたのち、二十四歳のときに晴れて出仕を赦《ゆる》された。

毒味作法のいろはを教えてくれたのは、今は亡き養父《ちち》にほかならない。

十七から二十四にいたる七年間は、じつに過酷な修行の日々であった。

――毒味役は毒を喰《く》うてこそのお役目。河豚《ふ》毒に毒草に毒茸《きのこ》、なんでもござれ。死なば本望《ほんもう》と心得よ。

役目を次代へ継ぐ齢《よわい》になっても、日夜、養父の遺した座右の銘を噛みしめている。

――死なば本望と心得よ。

武士《もののふ》の矜持《きょうじ》が詰まったことばだ。これほど厳しいことばはない。

蔵人介は瞑想《めいそう》し、役目を無事に終えたことを先代の霊に告げた。

しばらくすると、襖《ふすま》が音も無く開き、小姓《こしょう》がひとりあらわれた。

桜木を気に掛けながらも隣に膝を折敷《おりし》き、耳許で囁いてみせる。

「橘《たちばな》さまがお呼びでござります。至急、土圭《とけい》之間へ参上せよとのこと」

御小姓組番頭《おこしょうぐみばんがしら》の橘右近《うこん》こそが、刺客御用の密命を下す重臣にほかならない。

蔵人介はふわりと立ちあがり、小姓を先導役にして部屋をあとにしかける。

「お待ちあれ、何処へ行かれる」

好奇心剝《む》きだしの桜木に声を掛けられたが一顧《いっこ》だにせず、幅の広い廊下を渡って表向との境目に位置する土圭之間へ向かった。

二

土圭之間の入口外には中奥坊主が控えており、表向と中奥双方からの出入りを監視している。本来、中奥詰めの役人は表向へ渡ってはならぬ定めだが、坊主は見て見ぬふりをしてくれた。

部屋には白帷子を纏《まと》った三人の人物がおり、ひとりは丸眼鏡を掛けた小柄な老臣だった。

橘右近である。

職禄四千石《ごく》、公方の信頼も厚い大身旗本が、烏帽子《えぼし》をかぶったうらなり顔の重臣と睨みあっていた。

三人目は若い。二十歳《はたち》そこそこであろう。

侍烏帽子を着けていないものの、中堅どころの大名にちがいない。

何と、腰の脇差を抜こうとしている。

「橘どの、お退《ど》きくだされ。その者だけは許せぬのじゃ」

顔を怒りで真っ赤に染め、若い殿さまは呻《うめ》き声を放った。

「ふん、抜いてみせよ。殿中で白刃を抜けばどうなるか、存じておられるのならばな」

居丈高《いたけだか》に応じるうらなり瓢箪《ひょうたん》の素姓はわかっている。

紫藤《しどう》中務《なかつかさ》少輔《しょうゆう》安長《やすなが》、家禄三千石の奥高家《おくこうけ》であった。

奥高家は禁裏《きんり》（天皇家）との橋渡し役、旗本役ではもっとも位が高い。

「矢背蔵人介、何をぼけっとしておる。但馬守《たじまのかみ》を押さえよ」

橘に命じられ、蔵人介は素早く「但馬守」の背後へまわりこむ。

「御免」

断っておいて後ろから右腕を掴み、脇差を鞘《さや》ごと帯から引きぬいた。

「うぬは何者じゃ。余計なことをいたすでない」

怒り声をあげるのは、若い殿さまに命を狙われた紫藤のほうだ。

「赤穂《あこう》藩浅野《あさの》家の先例もある。藩主たる但馬守が抜けば、出羽《でわ》国山形《やまがた》藩六万石は、即刻、お取り潰しとあいなろう。それでも抜きたいのなら抜けばよい。武士の矜持が一国より重いとお考えなら、このわしを一刀で仕留めてみせよ」

紫藤は勝ち誇ったように吼《ほ》え、ぐいっと胸を張る。

「わが紫藤家は旗本とは申せ、平《たいらの》清盛《きよもり》公をご先祖とする大名格の交代寄合《こうたいよりあい》である。

天子さまより従五位《じゅごい》上の官位を賜っておるのじゃ。但馬守は従五位下ではないか。大名とは申せ、官位は下。しかも、先般京より勅使が下向した際、わしは饗応役を仰せつかったそこもとの指南をしてやった。その恩を仇《あだ》で返すつもりか」

「……だ、黙れ」

若い殿さまは、たどたどしくも懸命に抗《あらが》ってみせる。

「この身を田舎大名呼ばわりし、人目もはばからずに小莫迦《こばか》にしおったではないか。されど、これも修行とおもい、わしは怺《こら》えた。饗応指南の礼金が少ないと文句を言われても、陳謝して法外の礼金を積んだ。にもかかわらず、おぬしは鼻で笑いおった。育ちの良さは金で買えぬと抜かしたな。挙げ句の果てには、知らぬ間にわが藩の領地を奪いおった。今日という今日は許すわけにはいかぬ」

紫藤は眉根を吊りあげた。

「領地を奪ったなどと、聞き捨てならぬ。わしの知行《ちぎょう》がたまさか、但馬守の領地と接しているがゆえ、饗応指南の褒美《ほうび》としてその一部を交換させてもらうのじゃ。幕閣《ばっかく》の了承も得ておるし、肝心の但馬守とて、ほれ、証文に花押《かおう》を書かれたはず」

「……そ、そんなものは知らぬ。江戸家老の山辺帯刀《やまべたてわき》が勝手にやったことじゃ」

「どのような事情があろうと、証文はわが手にある。当方に非はない。逆恨みもたいがいにしておくがよい」

「……さ、賢《さか》しらげに、まだ言うか」

振りあげようとした腕を、後ろから蔵人介が摑む。

死んでも離すまいと心に決めたのは、但馬守の素姓がわかったからだ。

若い殿さまは、秋元《あきもと》但馬守志朝《ゆきとも》である。

六代前の但馬守喬知《たかとも》は、矢背家にとって恩のある人物にほかならなかった。

よりによって秋元家の当主が奥高家から辱《はずかし》めを受け、煽りに煽られたあげく、殿中で白刃を抜こうとしているのだ。

橘が厳しい口調で言いはなった。

「たとい、官位が上位と雖《いえど》も、旗本風情《ふぜい》が大名に逆らってはなりませぬぞ」

「なにっ、今、旗本風情と申したな」

「申しました。紫藤どの、われらは旗本風情にござる。大名格とは申せ、交代寄合も旗本、国ひとつ治める大名と同等と考えるのは慢心以外のなにものでもござらぬ。旗本は上様の手足となって幕府の屋台骨を支えるのがお役目、殿中で大名相手に揉め事を起こすなどもってのほかにござる。さようなこと、赤子《あかご》でもわかる道理じゃ。大人げないにもほどがある」

「ぬぅ……っ」

紫藤は怒り心頭に発し、ことばを接《つ》ぐこともできない。

橘の言い分はもっともだが、少しばかり言い過ぎたのではないかと、蔵人介は心配になった。

志朝は溜飲《りゆういん》を下げたようで、肩の力が抜けている。

紫藤は口をわななと震わせ、鬼のような形相で橘に「おぼえておけ」と捨て台詞《ぜりふ》を残すや、土圭之間から荒々しく出ていった。

蔵人介は志朝の腕を離し、部屋の隅にかしこまる。

「橘どの、かたじけのうござった」

志朝が深々と頭《こうべ》を垂れたので、橘は月代《さかやき》を掻いて恐縮した。

「それがしでなくとも、この場は抑えようとしたはずでござる。されど、危ういところでしたな。ご存じでないかもしれませぬが、紫藤どのはああみえて鞍馬八流《くらまはちりゆう》の遣い手にござる。おそらくは、こちらに白刃を抜かせておいて、当て身を食らわせる腹であったに相違ない」

「何と」

「驚かれたか。殿中では白刃を抜いた者だけが罰せられるは必定《ひつじよう》。紫藤どのはこちらをわざと怒らせ、白刃を抜かせようとしたのでござる。もしかしたら、秋元家を葬る企図があったのやも。いや、これは邪推にすぎませぬゆえ、ご容赦のほどを」

蔵人介はようやく、橘に呼ばれた意図を理解した。

腕の立つ紫藤に抗うことのできる楯を必要としたのだ。

志朝が振りかえる。

「そこもとも大儀であった」

「滅相もござりませぬ」

「御小姓か。にしては、ちと年を取っておるな」

橘が笑ってこたえた。

「その者は、本丸《ほんまる》の御膳《ごぜん》奉行にござります」

「御膳奉行とな」

「上様のお毒味役にござりますよ。われわれは鬼役と呼んでおりますが」

「なるほど、鬼役か」

「姓名は矢背蔵人介と申します」

「矢背」

志朝は思案顔でつぶやく。

かまわず、橘はつづけた。

「矢背の姓は、洛北《らくほく》にある八瀬《やせ》の地に由来いたしまする」

遥か千二百年ほど前に勃発した壬申《じんしん》の乱の際、天武《てんむ》天皇が洛北の地で背中に矢を射かけられた。そのときに「矢背」と名づけられた地名が、やがて「八瀬」と表記されるようになった。「矢背」は地名から消えたものの、姓として残ったのだ。

「八瀬の民は八瀬童子《どうじ》を祖とし、不動明王の左右に侍《はべ》る『せいたか童子』と『こんがら童子』の子孫であるとも伝えられております」

童子とは高僧にしたがう護法童子や式神《しきがみ》のたぐいで、八瀬童子はこの世と閻魔《えんま》王宮のあいだを往来する輿《こし》かきとも、閻魔大王に使役された鬼の子孫とも伝えられている。

「八瀬の民は体軀《たいく》に秀でておるうえに、鬼の子孫であることを誇り、鬼を祀《まつ》ることでも知られております。集落の裏山にある鬼洞《おにがほら》なる洞窟には、都を逐《お》われて大江《おおえ》山《やま》に移りすんだ酒呑《しゅてん》童子が祀《まつ》られておりましてな」

ただし、鬼の子孫であることを公言すれば、弾圧は免《まぬか》れない。村人たちは比叡《ひえい》山《ざん》に隷属《れいぞく》する寄人《よりうど》となり、皇族の輿を担ぐ力者《りきしや》として遇された。さらに、戦国の御代には禁裏の間諜《かんちょう》となって暗躍し、闇の世では「天皇家の影法師」と畏怖され、織田信長《おだのぶなが》でさえも闇の族《うから》の底知れぬ能力を懼《おそ》れたという。

志朝はじっと耳をかたむけ、はたと膝を打った。

「父に聞いたことがある。五代将軍綱吉《つなよし》公と六代将軍家宣《いえのぶ》公にお仕えしたご先祖が、八瀬の地と深く関わりを持ったはなしじゃ」

「いかにも。仰せのご先祖とは、好学の名君としても知られる喬知公のことにござります。宝永《ほうえい》四年と申せば、今から百三十年余りまえのはなしになりますが、八瀬の民と延暦寺《えんりやくじ》の天台座主《てんだいざす》、公弁法親王《こうべんほっしんのう》が入会地《いりあいち》である裏山の樹木伐採権をめぐって争いました。当時、老中であらせられた喬知公が公正な裁定を下し、双方の揉め事を解決なさったのでござる」

八瀬天満宮には秋元神社が築かれ、喬知公が神君として祀られているのだと聞き、志朝は考え深げにうなずく。

橘は空咳を放ち、蔵人介のほうをちらりとみた。

「じつを申せば、矢背家は八瀬童子の首長に連なる家柄にござりましてな、代々、女系ゆえ、養子を当主に据えてまいりました。この蔵人介も養子にござる。鬼の血を引いておるのは養母の志乃《しの》どのでしてな、くふふ、これがなかなか、一筋縄ではいかぬ御仁にございます」

「ほう」

「雄藩《ゆうはん》に薙刀《なぎなた》を指南したほどの傑女にして、たおやかで慈《いつく》しみ深いお方であられます。ま、志乃どののことはさておき、矢背家のご先祖が毒味役として上様に仕えるようになった背景には、御家のご意向が深く関わっておりまする」

蔵人介も知らぬはなしを、橘は滔々《とうとう》と述べている。

だが、両家の因縁については「はなせば長くなるので」と断り、それ以上掘りさげようとはしなかった。

志朝は蔵人介をみつめ、親しげに笑みを浮かべてみせる。

「近いうちに、外桜田のわが屋敷を訪ねてこられよ。わしも剣術を少しやる。剣術談義でもいたそうではないか」

「ははあ」

橘のせいで、妙な雲行きになってきた。

ふたりは土圭之間を退出し、表向へ戻っていく。

蔵人介はしばらく部屋に留まり、年若い藩主と高慢な奥高家のあいだで禍事《まがこと》が勃《お》きぬことを祈った。

三

野分《のわき》も去り、府内は灼熱《しやくねつ》の陽光に晒《さら》された。

矢背家の仏間には、樒《しきみ》の香りが漂っている。

「真夏が戻ったようじゃな」

志乃は額に汗を滲ませながらも、国綱《くにつな》の手入れに余念がない。

国綱は家宝の薙刀、刃が長大なので打ち粉を振るのもひと苦労だ。

何故、国綱を手入れしているのかと、蔵人介は余計な問いを発しない。

一方、経験の浅い卯三郎は、おもいついた問いを口にした。

「何故、国綱を手入れなさるのですか」

問われて志乃は、きっと眦《まなじり》を吊りあげる。

「愚問じゃ。わからぬのか」

「はい、いっこうに」

「ならば、教えて進ぜよう。わたしは薙刀の刃を研いでいるのではない。心を研いでおるのじゃ」

「心を」

「さよう。心を明鏡止水《めいきょうしすい》に導けば、進むべき道もおのずとみえてくる。人生には

「かならず岐路というものがあってな、えてして人は進んではならぬ道のほうを選んでしまう。そして、後悔するのじゃ。あのとき、別の道を歩んでおればよかったと。後悔したくなければ、心を磨くことじゃ。刃に映ったおのれの顔をみつめ、今のままでよいのかどうか問いつづけねばならぬ」

何やら息苦しくなってきたので、蔵人介はそっと仏間から抜けだした。

卯三郎は毒味の作法や剣術ばかりでなく、志乃から当主としての心構えを叩きこまれている。かつての自分をみているようで、同情を禁じ得なくなった。それほどまでに鬼役の修行は厳しいものなのだ。

本来であれば、血を分けた実子の鐵太郎《てつたろう》に継がせるべきところであったが、剣術の才がないうえに優しすぎる性分からも不向きとあきらめ、慣例どおり養子を取ることに決めた。鐵太郎はみずから望んで大坂《おおさか》へ行き、医術を学ぶべく緒方洪庵《おがたこうあん》のもとで研鑽《けんさん》を積んでいる。月に何度か母の幸恵《ゆきえ》に宛てて届く文には、大坂での暮らしが生き生きと綴《つづ》られていた。

一方の卯三郎は、不運にも改易《かいえき》となった隣家の三男坊であった。当主の兄は心を

病んで母を殺《あや》めたすえに自害し、隠居していた父は兄を袋小路に追いこんだ重臣に抗《あらが》って返り討ちにあった。天涯孤独の身で途方に暮れていたところを蔵人介が救い、剣術の才を見出《みいだ》した。胆も太く、何よりも胸の裡《うち》に正義を秘めている。これならば、鬼役の御用とともに裏の御用も継承できるのではないかと直感した。

志乃も卯三郎を跡目と認めている。ただし、裏の御用については知らぬはずだ。先代に託された奸臣成敗の役目について、少なくとも蔵人介は告げていないし、そのことで志乃に問われたこともなかった。

もちろん、幸恵も知らぬ。身内で知っているのは、義弟の綾辻市之進《あやつじいちのしん》と従者の串部、そして卯三郎の三人だけだ。

蔵人介のほうにも知らぬことはある。

それは八瀬衆の主家《しゅけ》であった矢背家の先祖が、何故、故郷を離れねばならなかったのかということだ。

「四代前に拠所《よんどころ》ない事情で離れざるを得なかったのじゃ」

とだけ、志乃からは以前に告げられた。

拠所ない事情とやらを問うたことはない。

故郷を離れたのち、どうやって幕臣となり、どうして毒味役に就いたのかもわからなかった。

八瀬衆は洛北の地に根ざしており、五摂家《せっけ》の筆頭である近衛《このえ》家と関わりが深い。

今でも間諜の役目を負っているのは、志乃の遠縁でもある猿彦《さるひこ》が江戸にあらわれたことであきらかになった。その猿彦は志乃を敬っており、みずからの右腕と引換えに志乃の命を救ってくれた。しかし、矢背家が故郷を離れた事情については、多くを語ろうとしなかった。

志乃が喋りたくなければ、敢えて聞く必要はない。

今でもそうおもってはいるが、土圭之間での出来事以来、知りたい欲求を抑えきれなくなった。橘は「矢背家のご先祖が毒味役として上様に仕えるようになった背景には、御家のご意向が深く関わっておりまする」と、秋元家の当主に告げた。

「いったい、秋元家とどういう関わりがあったのか」

つらつら考えながら御濠沿いの道を歩き、気づいてみれば、赤坂御門から青山《あおやま》大路をたどっていた。

すでに、夕陽は大きく西へかたむいている。

梅窓院《ばいそういん》門前の三つ股を右手に曲がれば、秋元家の中屋敷に行きつくはずだ。

意識したわけではない。勝手に足が向いたのである。

これも宿縁か。

――かんかんかん。

突如、半鐘《はんしよう》が鳴りだした。

西の空が赤いのは、夕焼けのせいではない。

「久保町《くぼちよう》だ」

野次馬が叫んだ。

道は人で溢れている。

逃げる者と野次馬が錯綜し、身動きもできない。

あきらかに、火の手はあがっていた。

行く手、秋元屋敷のほうだ。

が、燃えているのは商家で、武家屋敷ではなかった。

「打ち壊しだ。紅花《べにばな》問屋の蔵が燃えているぞ」

また、誰かが叫んだ。

火元とおぼしき商家の手前で、大勢の者たちが暴れている。

火消しではない。

暴徒であった。

手に手に得物《えもの》を持ち、建物を壊そうとしている。

「それ、ぶちこわせ」

煽っているのは、髭面《ひげづら》の食いつめ浪人だった。

おおかた、何者かに雇われたのだろう。

野良着姿の百姓たちを煽り、軍配代わりに刀を振っている。

風がないせいか、幸い炎は下火になりつつあった。

「退《ど》け、退け」

刺子半纏《さしこばんてん》の火消したちにつづいて、捕り方装束の連中が駆けてくる。

「わあああ」

暴徒と火消しと捕り方が三つ巴《どもえ》で入りまじり、辺り一帯は収拾のつかないありさまとなった。

やがて、暴徒は潮が引くように消え、火も消されていった。

残されたのは、無残な焼け跡だけだ。

「やれやれ、どうにか助かったな」

腰の曲がった老人がつぶやいた。

たしかに、一丁四方を焼いただけで火勢が衰えたのは、不幸中の幸いと言うべきだろう。

辺りはすっかり暗くなった。

死者はおらず、怪我人が何人か出たらしい。

茫然自失《ぼうぜんじしつ》の体で焼け跡に立ちつくしているのは、火元となった紅花問屋の主人にほかならない。

かたわらでは、家の者や奉公人たちが泣いている。

「可哀相に」

さきほどの老人が、ぼそっとこぼした。

「何しろ、収穫したての紅花を蔵ごと失ったのじゃからな」

その量は膨大すぎて常人の予想を遥かに超え、紅花の相場に影響を与えかねないほどだという。

「わしはな、山形で紅花をつくっておったのじゃ。あそこに立っておられる出羽屋の旦那さまには、たいそう面倒をみていただいた」

「あの者、出羽屋と申すのか」

蔵人介が相槌《あいづち》を打つと、老人は身を寄せてくる。

「そうじゃよ。出羽屋は山形藩秋元家の御用達でな、秋元さまの庇護《ひご》を受けてあそこまで大きゅうなった。京西陣《にしじん》の紅花問屋が得手勝手に国許で買いつけできぬようになったのも、出羽屋が肝煎《きもい》りとなって地元の問屋をまとめあげ、百姓どもを説いてまわったからじゃ」

出羽屋は二度と立ちなおれぬほどの被害をこうむったが、大きな打撃を受けたのは紅花の収益を藩財政の柱に据えた山形藩も同じであった。

「これで防波堤はなくなった。これからは、京の連中のやりたい放題じゃ」

老人の投げやりな台詞が、蔵人介の耳に残った。

考えてみれば、市ケ谷御納戸町《いちがやおなんどまち》の家を出てから、まだ二刻と経っていない。たったそれだけのあいだに、青山久保町の一角から紅花問屋がひとつ消え、山形藩秋元家は甚大な損失をこうむった。悪夢ならば一刻も早く醒めてほしいと願いつつ、蔵人介は沈んだ面持《おもも》ちで家路に就いた。

四

打ち壊しの首謀者は捕まらず、誰が企図したのかもわからぬまま、二日経った。

深更、眠れずに部屋で「鬼包丁」に打ち粉を振っていると、夜風のごとく忍びこんできた者がある。

襖戸を開けると、公人朝夕人《くにんちょうじゃくにん》の土田伝右衛門《つちだでんえもん》が廊下に傅《かしず》いていた。公方の尿筒《しとづつ》持ちを家業とする男は橘右近の子飼いでもあり、蔵人介に密命を伝える役目を負っている。

「至急、駿河台《するがだい》の御屋敷へお越しくださりませ」

わずかな動揺もみせぬ男が顔色《がんしょく》を失っていた。

「橘さまに何かあったか」

「毒を吸わされ、生死の境を」

「何だと」

毒を吸わされたという言いまわしに疑念を抱いたが、詳しく問うている余裕はない。

蔵人介は着の身着のままで家を飛びだし、浄瑠璃坂《じょうるりざか》を転げおちる勢いで駆けおりた。

そのさきは、よくおぼえていない。

牛込《うしごめ》御門の手前、神田《かんだ》川へと通じる濠際に、小船が仕立ててあった。伝右衛門ともども懸命に櫂《かい》を操って漕ぎ、ほどもなく水道橋《すいどうばし》へたどりついた。そして、陸にあがって駆けに駆け、駿河台の橋邸へやってきたのだ。

出迎えたのは若い用人で、家人はいない。ひとり息子は何年もまえに流行病《はやりやまい》で亡くしているし、長年連れ添った妻女も半年ほどまえに亡くしていた。閑散とした屋敷で孤独をかこっているのかとおもえば、哀れな感じもする。

用人に案内されて部屋を訪ねてみると、橋は厚蒲団のうえに身を起こしていた。とりあえず生きていたので、蔵人介はほっと安堵の溜息を漏らす。

「死んだとおもうたか。ふふ、そうはいかぬ。人のからだは存外丈夫にできておるものよ」

蔵人介は部屋の隅に座り、伝右衛門は廊下に控えた。

「もそっと近う」

「はっ」

膝を躙《にじ》りよせると、橋は枕元に置いた丸眼鏡に手を伸ばす。

あまりに辛そうなので、蔵人介は素早く近づいて拾った。

手渡してやると、橋はうなずき、丸眼鏡を鼻に掛ける。

血の気の失《う》せた顔で両手を小刻みに震わせ、芳《かんば》しくない症状であることはすぐにわかった。

「ご無理をなされますな」

「案ずるでない。峠は越えた。医者の処方した薬も呑んだしな」

「さすれば、経緯《いきさつ》を伺ってもよろしゅうございますか」

「そのために呼んだのじゃ。伝右衛門に何か聞いたか」

「毒を吸われたとか」

「ふむ」

夕刻、橘は月に一度の恒例となっている茶会へおもむいた。

主人の名は長井《ながい》監物《けんもつ》、すでに隠居した交代寄合で、かつては表高家《おもてこうけ》の任にあったらしい。

「表高家にござりますか」

有職故実《ゆうそくこじつ》には詳しいものの、出仕の必要もない無官位の非役だ。

「要は閑職じゃが、長井さまはさようなことを意にも介さぬ風流人でな」

橘とは夜釣りがきっかけで親しくなり、茶会に呼ばれるようになったという。

「ここから、いくらも離れておらぬ。皀角坂《さいかちざか》をのぼったあたりに御屋敷があってな、敷地の一角に庵《いおり》を結び、客を招いては茶ばかり点《た》てておる。年寄りの慰みに付きあうのも処世術のひとつ、茶会での世間話が役に立つこともある」

ところが、いつもどおりに訪ねてみると、客はひとりも来ておらず、主人の監物は急病で床に臥せっていた。

仕方なく踵《きびす》を返すと、顔見知りの内儀に声を掛けられた。

せっかくだから見舞ってやってほしいと頼まれ、断る理由もないので顔を出してみると、長井監物は申し訳なさそうに、よければ茶の師匠を紹介するので、一服点ててもらえと誘う。

この申し出も断るに忍びなく、受けてしまった。

「それがまちがいのはじまりよ」

橘は家人に案内されるまでもなく中庭に降り、飛び石伝いに中門を抜け、枯れ寂びた簀戸《すど》門をも通りすぎた。さらに、織部燈籠《おりべとうろう》を眺めながら萱《かや》門をくぐり、蹲踞《つくばい》の水で手を洗って見上げれば、扁額に「夢楽庵《むらくあん》」と書かれた数寄屋《すきや》があった。

「躙口《にじりぐち》へ身を差しいれ、茶葉の香を嗅いだのじゃ」

すでに、茶の師匠らしき人物はしかつめらしく座っていた。

左手は水屋へつづく茶道口、右手が客畳、四畳半の茶室は利休好みの又隠《ゆういん》であった。二方向に下地窓が穿《うが》たれ、採光は少量に抑えられており、正面の床の間には枯れ野の描かれた軸が掛かっている。

「茶頭《さどう》の名は桐辻宗伯《きりつじそうはく》と申し、聞けば、主人の長井さまとはまだ知りあったばかりじゃという」

鶴首の茶釜が湯気を立てていた。

妙な感じをおぼえたのは、花入れに夾竹桃《きょうちくとう》が挿《さ》してあったことだ。

宗伯に「あの花は」と聞くと、こともなげに「木槿《むくげ》にござりましょう」とこたえる。

まさか、夾竹桃が木槿のはずはない。

強い毒を持つ花だと知っていたので、そもそも茶室に飾るのはおかしいと、橘はおもった。

宗伯は意にも介さず、茶釜の蓋を取り、茶柄杓《ちゃびしゃく》で器用に湯を掬《すく》った。

茶杓の櫂《かい》先に抹茶を盛り、温めた天目《てんもく》茶碗に分けて湯を注ぐ。

茶筅《ちゃせん》を巧みに振り、さくさくと泡立てた。

所作《しょさ》は一分の隙もなく、流れるようにすすむ。

胸騒ぎをおぼえたところへ、すっと天目が差しだされた。

仕方なく作法に則《のっと》って天目を手に取り、ひと口に呑みほす。

「点前《てまえ》を褒めておきながらも、わしは尿意を訴え、中座させてもらったのじゃ」

そのまま戻らねばよかったが、呑んだ茶に毒はなさそうだし、そもそも、誰かに命を狙われるおぼえはない。杞憂《きゆう》であろうとおもいなおし、事の真相を身をもって確かめたい衝動にも駆られて、橘はふたたび躙口に身を捻《ね》じいれた。

「茶頭は『されば、新たに一服』と漏らし、茶釜を沸かしはじめた。そのとき、花入れに夾竹桃が無いことに気づいておれば、難を免れたやもしれぬ」

「まさか、茶頭は夾竹桃を火にくべたと」

「それしかおもいあたらぬ」

夾竹桃は花も葉も茎も、猛毒をふくんでいる。

茶頭の宗伯は意図して、夾竹桃の一部を燃やしたにちがいなかった。

毒の煙を吸えば、相手を死にいたらしめることができる。それを知っていたのだ。

「気づいたときは、ここに寝ておった」

幸運にも、伝右衛門が随行していた。胸騒ぎをおぼえて茶室に飛びこみ、橘を救いだしたのである。

「伝右衛門がおらずば、今ごろは三途《さんず》の川を渡っておったところじゃ」

「茶頭はどうなりましたか」

「消えおった」

橘の命を狙うべく、長井監物に近づいたとみるべきだろう。

「どのような面相にございりましょう」

蔵人介にたたみかけられ、橘は少しだけ黙りこむ。

「それがな、ようおぼえておらぬのじゃ。のっぺりした平目のような顔であったやもしれぬ。からだつきは大きめで、指が異様に長くみえた」

「なるほど」

「長井さまは事の一部始終を聞かれるや、寝込んでしまったらしい。用人が陳謝の品を携えてきおったが、献残《けんざん》屋で見繕った茶饅頭らしくてな、毒入りやもしれぬゆえ捨てさせたわ」

おそらく、茶頭は刺客として雇われた者であろう。

「お命を狙った相手、まことにおぼえはございりませぬか」

「あるとすれば、ひとり。おぬしも知る相手じゃ」

ぴんときた。

「奥高家、紫藤中務少輔さま」

「さよう。土圭之間での一件を根に持ち、わしを亡き者にしようとしたのやも。いや、滅多なことは言うまい。何ひとつ証拠《あかし》はないのだからな」

「その証拠、みつけて進ぜましょう」

「やってくれるか」

「はっ」

「されば頼む」

橋は力なく微笑み、褥《しとね》に身を横たえた。

「志乃どのは息災《そくさい》か」

と聞かれ、蔵人介は苦笑する。

病床で尋ねることでもあるまい。

「ふふ、こたえずともわかるぞ。あのお方はいつも潑剌《はつらつ》としておられる。お顔を浮かべただけで、腹の底から力が湧いてこようというもの。ずいぶんお会いしておらぬが、おそらく、今も肌は若々しく艶《つや》めいておられような」

若武者のころに志乃を恋慕していたのだと、橋本人から聞いたことがあった。

「わしはずいぶん衰えた。耳許で弱気の虫が囁《ささや》きはじめたら、隠居を考えたほうがよかろう。ふっ、もっとも、お役を辞すまえに、あの世へ逝くかもしれぬがな」

「死ぬ死ぬと仰せの御仁にかぎって、誰よりも長生きいたすものにござります」

「ぬはっ、堅物《かたぶつ》の鬼役が戯《ざ》れ言《ごと》を吐きよった」

蔵人介のことばを、橘はたいそう嬉しがる。

そして、空咳を放ち、右手を力なく振った。

「さればな」

「はっ」

平伏して顔をあげたときには、すでに寝息を立てている。

蔵人介は振りむき、後ろに控える伝右衛門にうなずいた。

「お任せを。御前は逝かせませぬ」

「頼む」

音も起てずにその場を離れ、ひとりで暗い廊下を渡った。

石灯籠に照らされた中庭の一隅には、夕に萎《しぼ》むはずの木槿が咲いている。

それを吉兆とみなすかどうかは、心持ちひとつに掛かっていた。

何としてでも、証拠を摑んでみせねばなるまい。

蔵人介はいつになく気負いつつ、誰もいない玄関へ向かっていった。

五

四日後、夜。

紅花問屋の蔵が燃やされたことと、橘が命を狙われたことには、何の関わりもなさそうにみえる。だが、土圭之間での出来事を知っている蔵人介には、どちらにも奥高家の黒い思惑がちらついているように感じられてならない。

紫藤中務少輔はみずからの知行地が秋元家の領地と接しているので、饗応指南の褒美としてその一部を交換させてもらうのだと述べた。すでに幕閣の了承も得ており、証文には秋元家当主の花押も書かれているという。

交換予定の領地を調べてみると、紅花の一大産地であることがわかった。

要するに、紫藤はさまざまに難癖をつけ、紅花の莫大な収益を得ようと狙っているのだ。

そうなると、花押を書いた疑いのある「山辺帯刀」なる江戸家老も怪しい。

秋元家の内部に利で動く重臣がいないかぎり、領地の一部を交換させるなどという荒技はやってのけられるはずもないからだ。

ともあれ、鍵は紅花である。

蔵人介は串部に命じて、惨事に見舞われた紅花問屋を探らせた。

奥高家との関わりを見出すことができれば、橘の命を狙った者にたどりつけるかもしれない。

「何やら、妙なことになっておりますぞ」

楽しげな従者は蒟蒻《こんにゃく》の煮染《にし》めを頬張り、手酌で安酒を注いで呷《あお》る。

ふたりが膝をつきあわせているのは、日本橋《にほんばし》の芳町《よしちょう》にある一膳飯屋だ。

軒下にぶらさがった青提灯には『お福』とある。

女将《おかみ》のおふくは色白のふっくら美人で、かつては吉原《よしわら》の花魁《おいらん》だった。身請けしてくれた商人が抜け荷に絡んで闕所《けっしょ》となり、寄《よ》る辺《べ》を失ったにもかかわらず、裸一貫から見世《みせ》を立ちあげたのだ。

「性根《しょうね》の据わったおなごでござる」

煮物を中心とした料理は美味く、見世を立ちあげてからというもの、浮いた噂ひとつない。それがまた、客に受けている。ちょっかいを出す客は簡単にあしらわれ、塩を撒《ま》かれて居なくなる。富貴に媚《こ》びず、権威に屈せぬ。廓《くるわ》で培った意気地と張りを貫くすがたが痛快でたまらず、自然と客が集まってきた。

串部はおふくにぞっこんだが、拒まれるのが恐くて恋情を伝えられない。

こうみえて、柳剛流の達人である。悪党どもを相手にすれば修羅と化し、双刃《もろは》の同田貫《どうたぬき》で容赦なく臑《すね》を刈る。誰よりも頼り甲斐のある男が、この見世では借りてきた猫のようになり、とろんとした眼差しで女将を眺めていた。

蔵人介は焦《じ》れったいとおもいながらも、不器用すぎる従者の狼狽《うろた》えぶりを楽しんでいる。ただし、今宵ばかりは色恋のはなしは御法度なので、ふたりはおふくのみえない衝立《ついたて》の陰に座っていた。

「妙なこととは何だ」

水を向けると、串部は太い鬢《びん》をひくつかせる。

「紅花問屋の主人が昨夜、こっそり仮宅《かりたく》を抜けだし、門前仲町《もんぜんなかちょう》の茶屋へ向かったのでござります。まさかとはおもいましたが、辰巳《たつみ》芸者を何人も呼んで、呑めや歌えやのどんちゃん騒ぎを」

「やったのか」

「はい」

「ふうむ、妙だな」

「でござりましょう」

火事で家も蔵も失ったばかりだというのに、そんな遊びができるはずはない。

「もしや、死ぬつもりかともおもいました。今生《こんじょう》の名残《なごり》に有り金を使いきり、あの世へ逝こうとしたのだと。されど、そのような様子もござらぬ。だとすれば、考えられることはひとつ」

「狂言か」

「いかにも」

取り壊しと火付けそのものが、みずから仕組んだものであったと言いたいのだ。

「いったい、何のために」

「そこでござる」

串部はゆっくり溜《た》めをつくり、にっと白い歯を剝いてみせた。

「どんちゃん騒ぎの席に、もうひとり恰幅のよい商人がおりました。茶屋の手代を脅しつけて素姓を聞きだしたところ、桐屋山左衛門《きりやさんざえもん》なる京の商人と判明いたしましてな。驚くなかれ、西陣の紅花問屋だそうで」

「ちょっと待て。焼けだされた出羽屋は国許の問屋連中をまとめあげ、みずから楯となって、京の紅花問屋の直買《じか》いを阻んでおったはず。敵対する者同士が、同じ宴席で騒いでおったと申すのか」

「さようにござります。すでに、出羽屋は京の連中に取りこまれておったと考えるべきでしょうな。貴重な紅花を燃やすことで品薄にし、相場をあげたかったのかもしれませぬ」

「それが狙いか」

「百姓たちの苦労を考えれば、とうてい許せるはなしではござらぬ」

まったく、串部の言うとおりだ。

「それで、桐屋なる者の居所は探ったのか」

「抜かりはありませぬ」

帰りの駕籠《かご》を尾《つ》けたところ、芝田町《しばたまち》に出店を構えていた。

「顔つきは」

「暗すぎて、そこまでは。ただ、ひとつおもしろいことが」

「何だ」

「桐屋は高価な帯も扱っており、それを大身旗本に納めております」

納め先の筆頭は奥高家であるという。

「もちろん、紫藤家もそのなかに」

「繋《つな》がったな」

紫藤は秋元家に難癖をつけ、紅花の産地そのものを手に入れようとしている。京の紅花問屋と結託して相場をあげ、巨利を得ようとしていることは充分に考えられた。むしろ、商人に悪知恵を吹きこまれたのかもしれないが、そのこともふくめて、すべては邪推の域を出ない。かりに、そうした思惑の裏付けを取ることができれば、奥高家は腹を切らねばならなくなるだろう。

おふくが料理を運んできた。

「おふたりさん、かくれんぼですか」

衝立の上から覗かれ、串部はだらしない顔になる。

とんと置かれた平皿には、焼いた鰆《さわら》が載っていた。

「ほう、よい香りだ。これは松茸だな」

「お殿さまの仰るとおり。鰆の切り身に松茸を挟んで焼いたんですよ」

「見事な取りあわせだ。のう、串部」

「へっ」

「どうした、喉にものでも詰まったか」

「……い、いいえ。蒟蒻《こんにゃく》以外に、詰まるものもござりませぬ」

おふくが笑いながら、口を袖で隠す。

「うふふ、串部の旦那はあいかわらず、冗談がお下手だこと。鯖がお口に合わなかったら、あとでそう仰ってね」

「……ま、まさか、そなたの料理が口に合わぬはずがない」

「あら、嬉し。褒めてくださってありがとう」

「……ど、どういたしまして」

真っ赤になって縮こまる串部がおもしろくて仕方ないのか、おふくはけたけた笑いつつも、おもわせぶりな流し目を送ってくる。

「旦那のお好きな茄子《なす》の浅漬けもございますよ、はい、ここに」

小鉢には小ぶりな秋茄子が並んでいた。

串部はひとつ手に取り、ぷつっと齧《かじ》る。

「まあ、おなごのような食べ方だこと」

おふくは笑いながら去っていく。

艶《なま》めかしい後ろ姿を見送りつつ、串部は美味そうに茄子を咀嚼《そしゃく》した。

「おい」

蔵人介が呼びつけると、惚《ほう》けた顔で振りむく。

「はっ、何でござりましょう」

「はなしはまだ途中だぞ。悪事の裏をどうやって取るかだ」

「あっ、そうでござりましたな」

「茶頭に化けた刺客の動きも気になる。橘さまが生きているのを知って、つぎの一手を打ってくるやもしれぬからな。ともあれ、奥高家を張りこむか」

「承知しました。なれば、さっそく」

立ちあがりかけた串部を制し、蔵人介は小鉢に手を伸ばす。

「まあ、そう急《せ》かずともよい。明日からでよかろう」

「されば、今宵はゆっくりしてもよろしいので」

「ああ、おふくと差しつ差されつするがよい」

「いいえ、それはできませぬ。ほかの客もおりますし」

「ほかの客に取られたら、あとで後悔するぞ。養母上《ははうえ》も仰せになった。人生にはかならず岐路というものがあるとな」

「岐路にござりますか」

「そうだ。えてして人は進んではならぬ道のほうを選んでしまう。そして、後悔する。あのとき、別の道を歩んでおればよかったと。後悔したくなければ、心を磨けと、養母上は仰った。刃に映ったおのれの顔をみつめ、今のままでよいのかどうか問いつづけねばならぬそうだ」

「刃におのれの顔をでござるか」

串部はつぶやき、おもむろに同田貫を抜きはなつ。

「どうだ、無骨な顔が映ったか」

「はっ、映っております」

「その顔で、おのれの恋情を告げればよい」

「……む、無理難題にござります」

「ふふ、さもあろうな」

蔵人介は、ぷつっと茄子を齧った。

なるほど、絶妙な漬け加減である。

茄子好きの橘にも食べさせてやりたくなった。

六

早いもので、七日が経った。

今宵は、何処の家でも中秋《ちゅうしゅう》の月を愛《め》でる。放生会《ほうじょうえ》でもあるので、人々は陽の高いうちから川縁へ出掛け、亀や鰻《うなぎ》や小鳥などを川や空に放していた。

紫藤中務少輔に格別の動きはない。

橘は順調に快復し、数日前から出仕していた。

幕閣は老中首座の水野越前守忠邦《みずのえちぜんのかみただくに》に与《くみ》する者とそうでない者に分かれ、おたがいに派閥をつくっている。橘は頑としてどちらにも与せず、公正中立の立場を保ってきた。利では動かぬ忠臣であることから、公方家慶からは「中奥の重石《おもし》」としての役割を期待され、目安箱の管理も秘かに任されている。

当然のごとく、重臣たちからも一目置かれており、本人は「徳川の柱石《ちゅうせき》になるのだ」という強烈な自負を持っていた。出仕するやいなや、馬車馬のごとく働きはじめたようだが、刺客に命を狙われぬともかぎらぬので、蔵人介は心配でならなかった。

夕暮れ、御納戸町の自邸では宴の支度が進んでいる。

「今宵はお月さまと、お目にかかれそうじゃな」

志乃は少し嗄《か》れた声でこぼし、三方《さんぼう》に団子を積んでいった。

いつもは大川《おおかわ》に月見船を繰りだすのだが、志乃が風邪気味なので大事を取って止めたのだ。

家の者たちはみな気を遣い、あまりはなしかけずにいる。

重い空気を払うべく、蔵人介は庭で真剣を振りはじめた。

使い慣れていない無銘刀ゆえか、どうもしっくりこない。

「鈍刀《なまくら》はどなたが振っても、所詮は鈍刀にすぎませぬな」

石灯籠の陰から微かな声が聞こえてきた。

「伝右衛門か」

「はい」

「いかがした。橘さまに何かあったか」

「いいえ、ご心配なく。奸臣成敗の御命を携えてまいりました」

「奸臣とは」

「言うまでもなく、奥高家の紫藤中務少輔にござります」

「ほう、何か動きがあったのか」

昨日、目安箱に差出人不明の告発状が届いた。紫藤が秋元家の重臣と結託し、領地の一部を手に入れようとした経緯が詳細に記してあったという。

「矢背さまもお調べのとおり、狙いは紅花の収益にござります。出羽屋の蔵が燃やされた一件も、これに関わっておりました」

「差出人の記されておらぬ訴えは無効のはずだが、橘さまは書面の内容をお信じになったのか」

「それがしが裏を取りましてござります」

信じるに足る内容だったと、公人朝夕人は言いきる。

「ならば、聞こう。秋元家の重臣とは誰だ」

「勘定《かんじょう》奉行の山辺左京《さきょう》、江戸家老である山辺帯刀の婿養子にござります」

「なるほど、婿養子が義父の尻を掻き、義父は領地交換の証文に当主の筆跡とそっくりの花押を書いた。そういう筋書きか」

「黄金の輝きに屈したのでござりましょう。勘定奉行の山辺も、紫藤もろともに成敗せよとの御命にござる」

「すべて闇に葬れと」

「真実を白日《はくじつ》のもとに晒せば、秋元家が危うくなります」

そうかもしれぬ。だが、それだけではないような気もする。

蔵人介は、橘右近の焦りを感じていた。

すかさず、伝右衛門が指摘する。

「ご納得いかぬご様子」

「紫藤を成敗するのは吝《やぶさ》かでない。されど、差出人もわからぬ告発状を信じて動くのはあまりに浅慮《せんりょ》。橘さまらしくないのでな」

「誰かに踊らされているとでも」

「まあ、そういうことだ。橘さまが命を狙われたことども、ひょっとすると関わりがあるのやもしれぬ」

妙だとおもっていたのは、橘の命を狙った者の正体だった。

たしかに、橘は土圭之間で紫藤に厳しいことばを浴びせた。

だが、あれしきのことで奥高家ともあろう者が、重臣の命を狙おうとするだろうか。

かりに、紫藤が橘の命を狙ったのだとしても、何かほかにも理由があったのではないかと勘ぐらざるを得ない。さらに言えば、紫藤の後ろには黒幕が控えているのではないかと、蔵人介は疑った。

そして、橘自身も黒幕の存在に気づいている。

気づいているにもかかわらず、紫藤を捕まえて真相を糾《ただ》そうとせず、すべてを闇から闇へ葬ろうとしているようにみえてならない。

「いかなる邪推も憶測も、刺客には許されませぬ。それは矢背さまが一番おわかりのはず」

「密命に逆らうべからずか」

「御意《ぎょい》」

「して、段取りは」

「今宵、紫藤は大川へ月見船を繰りだしまする」

いささか驚いた。

「今宵やれと申すのか」

「あと半刻《はんとき》ほどしか猶予はござりませぬ。月見には秋元家の勘定奉行も招かれておりまする」

屋形船は京の紅花問屋が借りたらしいと、伝右衛門は言い添えた。

蔵人介は相槌を打つ。

「それはたぶん、桐屋山左衛門だな」

「悪党どもが雁首《がんくび》を揃えまする。この機を逃すわけにはまいりませぬ」

「詮方《せんかた》あるまい」

「されば、串部どのにもお伝えしておきましょう」

「おぬしはどうする」

「首尾を見届ける役目を」

闇が揺れ、伝右衛門の気配は消えた。

それと入れ替わりに、何も知らぬ卯三郎が廊下の隅からあらわれた。

「養父上《ちちうえ》、三方に飾る芒《すすき》が足りぬゆえ、土手まで取りにいってまいります」

「散策がてら、わしが取ってこよう」

「では、ごいっしょに」

「いいや、ひとりでまいる。おぬしはみなといっしょに、月見団子でも食べておれ」

「はあ」

突きはなした口調で言うと、卯三郎は妙な顔をする。

「他意はない。ではな」

蔵人介は踵を返し、裏木戸を潜った。

いつのまにか、月が満ちている。

卯三郎を誘わなかったのは、やはり、今ひとつ納得がいかぬからだ。

行く手の辻陰に、蟹のような体軀の従者が待っていた。

「殿、気張ってまいりましょうぞ」

串部は疑念も持たず、やる気満々でいる。

「能天気なやつだな」

皮肉を叩かれても気に掛けず、鼻息も荒く従《つ》いてきた。

今は余計なことを考えず、密命を果たすしかあるまい。

重い足取りで進む蔵人介の背中を、満月が逃さぬように照らしていた。

七

頭上には、赤みを帯びた月が輝いている。

大川に光の帯を揺らし、大小の船に乗った月見客を楽しませていた。

蔵人介も小船に乗り、川のなかほどまで漕ぎつけている。

左手には太い橋桁がみえ、大橋のうえにも月見客が大勢行き交っている。

艫《とも》で櫓《ろ》を押すのは、串部の役目だ。

捩《ねじ》り鉢巻きに腕捲《まく》りまでしている。

伝右衛門は何処にもいない。

栈橋で獲物の船を指差したあと、ふっと消えた。

「いつものことでござる」

串部は苦々しく吐きすて、屋形船の艫灯りを睨みつけた。

伝右衛門が調べたとおり、屋形船には三人の人物が乗っていた。

ひとり目は奥高家の紫藤中務少輔、ふたり目は山辺左京なる秋元家の勘定奉行、
そこまでは面相を確かめられたが、三人目の桐屋山左衛門だけは早くから船に乗っていたので、人相風体を目にとどめることはできなかった。

ともあれ、三人に引導を渡さねばならない。

それが恩のある秋元家を救う道でもあった。

「悪事は明白ゆえ、一片の躊躇《ちゆうちよ》も要りませぬぞ」

心の迷いを見透かすように、串部が煽《あお》ってくる。

「されど、どうする」

屋形船には三人のみならず、芸者や幇間《ほうかん》も乗りこんでいた。

船頭たちもおり、無理押しすれば巻きこんでしまいかねない。

しかも、紫藤は容易な相手ではなかった。公方の御前で演武を披露したこともある遣い手なのだ。

「鞍馬八流か」

蔵人介も、そのときの演武をおぼえている。

披露されたのは形のみだが、並外れた体術の持ち主であることは容易にわかった。

串部が言う。

「やはり、船上で片を付けるべきかと」

「そうだな」

桟橋に戻ってからでは、逃す公算が大きくなる。

ここは一か八か、手荒な手法を取るしかあるまい。

「突っこみますか」

「よし、やってくれ」

大雑把なようにみえて、船上での闘い方を知る者にしか考えつかぬ手法ではあった。

「ぬおっ」

串部は吼えあげ、櫓をこねくりまわす。

屋形船と併走しながら、船首を徐々に的の横腹正面に向けていった。

「殿、お覚悟めされよ」

宴席の連中は急迫する船にも気づかず、陽気に騒いでいる。
だが、屋形の外に立つ船頭は気づいていた。
「うわっ、船が突っこんでくるぞ」
三味線の音色が、突如、悲鳴に変わった。
ぐんと伸びた小船の舳先《へさき》が、屋形船のどてっ腹にぶち当たる。
――ずどどん。
凄まじい衝撃とともに、屋形船が大きく揺れた。
と同時に、蔵人介はひらりと宙に舞い、船から船へ飛びうつっている。
一方、串部は川に落ちた。
小船は鼻を失い、もんどり打つように沈んでいく。
もはや、帰る船もない。
――ぐわん。
屋形船は大きく左右に揺れつづけている。
船縁を損壊したが、沈没の心配はなさそうだ。
屋形の内に芸者たちの悲鳴が響くなか、蔵人介は屋形の外で紫藤と対峙していた。
「くせものめ、うぬは何者だ」

顔を晒しているのに、こちらの正体に気づかない。
「問答無用」
蔵人介は吐きすて、腰の無銘刀を抜いた。
「小癪《こしゃく》な、返り討ちにしてくれるわ」
紫藤は艫に立ち、揺れる船に身を任せている。
手も使わず、さすがの体術というべきだろう。
微塵《みじん》の動揺もみせず、冷静に刀を抜きはなつ。
「はっ」
船縁を蹴り、上段から斬りつけてきた。
初太刀を弾くや、鼻先に火花が散る。
ぱっと、身を離した。
白刃をみると、刃こぼれがひどい。
くそっ、鈍刀め。
内心で毒づきつつも、顔には出さない。
紫藤の一刀は、予想以上に強靭だった。
つぎに刃を合わせたら、鈍刀が折れるかもしれぬ。

それでも蔵人介は右八相《はっそう》に構え、じりっと爪先で躪《にじ》りよった。

紫藤が声を裏返す。

「おぬし、みたことがあるぞ。もしや、土圭之間にやってきた鬼役か」

「やっとわかったか」

さすがに、紫藤は驚きを隠せない。

「只者ではないとおもうたが、やはり、橘右近の隠密であったか」

「さあ、それはどうかな」

「何故、わしの命を狙う」

「ご自身の胸にお聞きなされ」

「もしや、わしが橘の命を狙ったとでも。ぬはは、わかっておらぬようだな。土圭之間で、なるほど、橘はわしを愚弄《ぐろう》した。されど、あれしきのことで人の命を狙っておったら、きりがないわ」

「往生際の悪いことを仰いますな」

「ふふ、まあよかろう。勘違いしたまま逝くがよい。くりゃ……っ」

上段の重い一撃を受けた途端、鈍刀がぐにゃりと曲がった。

すかさず、脇差の柄に手を掛ける。

だが、紫藤はつぎの一刀を繰りださない。

「ぬくっ」

何と片方の足首を、後ろから誰かに握られているのだ。

串部であった。

ずぶ濡れで船板に這いつくばっている。

「殿、今でござる」

「ふむ」

鋭く踏みこみ、斎藤弥九郎から譲りうけた「鬼包丁」を抜いた。

一閃《いっせん》するや、紫藤の右腕がぼそっと落ちる。

「ぬぐっ」

片膝をついたものの、まだ意識はあった。

「……と、とどめを刺さぬか」

蔵人介は身を寄せる。

「まだ死なせるわけにはいかぬ。橘さまを殺《あや》めようとしたのは誰だ」

「……し、知りたいなら、後ろの男に聞け」

紫藤は不敵に笑い、むぎゅっと舌を嚙みきった。

船首を振りむけば、ふたりの男が立っている。

ひとりは侍、もうひとりは商人だ。

侍のほうが脅えている。

秋元家の勘定奉行であろう。

そして、商人の顔をみた途端、蔵人介は橘の台詞をおもいだした。

のっぺりした平目顔、茶室で夾竹桃を焚《た》いた茶頭の特徴と合致している。

「うわああ」

串部が屋形のうえに飛びのり、猿《ましら》のように駆けていった。

侍が声を震わせる。

「狼藉者《ろうぜきもの》め、わしを誰と心得る。秋元家の勘定奉行、山辺左京なるぞ」

「間抜けめ、名乗らずともわかっておるわ」

串部に容赦はない。

山辺の抜いた刀を同田貫で叩きおとし、返す刀で首を飛ばしてみせた。

「ぎゃ……っ」

田宮流居合の秘技、飛ばし首でもみているようだ。

屋形の内からは、いっそう大きな悲鳴が響いてくる。

ところが、つぎの瞬間、串部のからだは宙に飛ばされた。

「ぬえっ」

大きな弧を描き、どぼんと川に落ちてしまう。

やったのは、紅花商人だった。

いや、只の商人ではあるまい。

筋骨隆々《きんこつりゅうりゅう》とした腕で、長太い櫂《かい》を抱えている。

櫂を素早く振りまわし、串部を振りはらってみせたのだ。

「おぬし、何者だ」

蔵人介が睨みつける。

「わては京の紅花商人や」

男は上方訛《なま》りで応じ、櫂をぶんと投げつけてきた。

屈んだ間隙《かんげき》を衝《つ》き、手にした投げ縄を真上に投じる。

縄の先端には錘《おもり》が付いており、狙いどおり、大橋の欄干《らんかん》に絡まった。

「ほな、さいなら」

縄がぴんと張り、大柄のからだが宙高く舞いあがっていく。

そして、男は欄干のうえで仁王立ちになった。

「ぬはは、おかげさんで手間が省けたで」

「何だと」

欄干を見上げると、男は満月を背負っている。

「もしや、おぬしが目安箱に告発状を投じたのか」

「そうや、奥高家は欲を掻きすぎた。勘定奉行ともども、死なななあかんかったんや」

「おぬし、何者だ」

「わからへんのか」

「まことの名を教えよ」

「百舌鳥《もず》、それがわいの名や」

低い笑い声を残し、人影は唐突に消えた。

「殿、早うこちらへ」

呼ばれて振りむくと、少し離れた小船のうえで串部が手を振っている。

棹を巧みに操っているのは、伝右衛門であった。

あらかじめ、近くに船を寄せていたのだろう。

「釈然とせぬ」

蔵人介は吐きすて、屋形船の船縁を蹴りあげた。

八

釈然としない心持ちのまま、数日が過ぎていった。

幸恵のつくったおはぎを食べ、蔵人介は空腹を紛らわせている。

串部も歩きながらおはぎを食べつづけ、口のまわりに餡《あん》をつけていた。

さきほど、亥《い》ノ刻を報せる鐘の音を聞いた。

彼岸になると、涼気が町を覆いつくす。

肌寒い季節の到来は、人々の気持ちを重くさせた。

出羽屋久兵衛《きゅうべえ》が動いたと知り、串部とともに背中を追っている。

――百舌鳥。

と名乗った男を捜す端緒《たんしょ》は、もはや、狂言を演じた紅花問屋しか残っていない。

串部に命じて見張らせていたところ、ようやく、怪しい動きをみせたのだ。

町木戸も閉まったというのに、出羽屋は仮宅のある青山の善光寺《ぜんこうじ》門前町から青山大路を西に向かっている。

百人町《ひゃくにんちょう》に住む与力《よりき》と同心《どうしん》の屋敷が、道の左右に軒を並べていた。
盆中は家々の門前に高竿を立て、提灯や灯籠をぶらさげる。
青山の星灯籠と呼ばれる景観も、先月の晦《つごもり》で終わった。
道は淋しくなっていくばかりだ。
いびつな月が並木を蒼々《そうそう》と映しだす。
この辺りは牛馬の通り道だが、行き交う人や家畜の影はない。
さきを進む串部の息遣いが荒くなってくる。
ふたりは急坂のてっぺんに立った。
「殿、宮益坂《みやますざか》でござります」
「ふむ」
坂下には渋谷川《しぶやがわ》が流れている。
橋を渡った向こうは道玄坂《どうげんざか》、盗人と山狗《やまいぬ》くらいしかお目にかかれぬところだ。
いったい、出羽屋は何処へ行こうとしているのか。
坂を下りきり、土手沿いの道を左手に進みだす。
「それ」
小走りに追いかけた。

――ぎっ、ぎっ。

聞こえてくるのは、水車の軋《きし》む音だ。

「殿、あれを」

朽ちかけた小屋がある。

戸口には篝火《かがりび》が焚かれていた。

出羽屋は小屋に消えていく。

ひょっとしたら、罠かもしれぬ。

疑念が浮かんだ。

敵はこちらの動きに気づき、出羽屋を使って誘《おび》きだそうとしているのかもしれない。

「串部、どうおもう」

「そうだとすれば、感づかれた拙者の落ち度にござります」

串部は同田貫を抜き、突如として駆けだした。

「おい、待て」

制止したが、すでに遅い。

篝火の炎が揺れ、繁った葦の狭間から黒装束の人影が飛びだしてくる。

「ぬおっ」

双刃の同田貫が躍った。

臑を刈られた人影が、左右に倒れていく。

――どん。

小屋の扉が内から蹴破られた。

突進する串部の足が止まる。

立ちはだかる人影は大きく、黒装束に身を固めている。

だが、顔は晒していた。

のっぺりした平目顔の男だ。

「百舌鳥め」

串部は叫び、低い姿勢で斬りかかる。

「ぬりゃっ」

臑を捉えたやにみえた。

刹那《せつな》、百舌鳥はふわりと飛び退いた。

何と、二間《けん》余りも跳躍し、屋根の先端に立っている。

「くはは、それっ」

右手を振ったつぎの瞬間、火薬玉が炸裂した。

「ぬわっ」

串部が吹っ飛ぶ。

渋谷川に水飛沫《みずしぶき》が散った。

蔵人介は小屋のそばへ駆けよる。

「ふふ、また会ったな」

蔵人介は身構え、男を睨みつけた。

「おぬしが、橘さまのお命を狙ったのか」

男は嗄れた声で笑う。

「くけけ、小手調べに夾竹桃の毒を吸わせてやったが、あやつめ、どうにか生きのびたらしいのう」

「誰の命だ」

「それっ」

投じられたものが、足許に突きささった。

拾ってみると、忍びの使う苦無《くない》に短冊《たんざく》が付いている。

――鬼役にご用心

と、達筆な字で書かれていた。

「……こ、これは」

城内の「隠し部屋」で、橘から同じ短冊をみせられたことがある。

男は眉ひとつ動かさず、人の名を経《きょう》のように唱えはじめた。

「印南作兵衛《いなみさくべえ》、野上八太夫《のがみはちだゆう》、肥前屋藤吉《ひぜんやとうきち》……忘れたとは言わせへん。いずれも、鬼役に葬られた者たちや」

無論、知らぬはずはない。

印南作兵衛は紀州《きしゅう》家支藩の御用達であった薬種問屋と組み、抜け荷をやって軍資金を稼いでいた。また、野上八太夫は尾張《おわり》家の御徒頭《おかちがしら》にほかならず、継嗣のことで徳川宗家の方針に抗う藩士たちを束ね、謀反《むほん》の芽を育《はぐく》もうとしていた。そして、肥前屋藤吉は為替両替商に化けて水野忠邦に取りいり、大名貸しを申しいれて恩を売りつつ、一方では清《しん》国の密輸船から阿片《あへん》を大量に仕入れて府内に蔓延《まんえん》させようとした。

三人はいずれも、犬丸大膳《いぬまるだいぜん》なる者の率いる甲賀五人之者《こうがごにんのもの》たちであった。

「おぬしも、犬丸の配下なのか」

「ふふ、五人之者のひとりや」

「こたびのことも、犬丸の指図でやったと」

「問われるまでもないわ」

「犬丸大膳とは何者なのだ」

「同じことを犬丸さまも仰せやった。矢背蔵人介の存念を知りたがってはったわ」

「わしの存念とは」

「敵になるか、味方になるか。おまんの胸先三寸に掛かっておるいうことや。犬丸さまにそこまで買われている者はおらんで」

蔵人介は顎を突きだし、ぐっと相手を睨みつけた。

「もう一度聞こう。犬丸大膳とは何者なのだ」

「直に聞け。それまで生きておればのはなしやがな」

「されば、問いを変えよう。何故、秋元家の紅花を狙ったのだ」

「ふふ、それか。簡単なことや。秋元家を潰すためよ」

「何だと」

「もちろん、紅花の儲けも欲しい」

一挙両得を狙ったのだという。

「何故、秋元家を潰さねばならぬ」

蔵人介がたたみかけると、百舌鳥は「くく」と笑った。

「おまんが道筋をつけてくれたのや。矢背家は秋元家と深い関わりがある。八瀬の里には秋元神社があるそうやないか。秋元家を潰せば、八瀬の連中が黙っておるまい。それが狙いよ」

「わからぬな。八瀬の里を巻きこむために、こたびのことを仕組んだと申すのか」

「ふん、ちと喋りすぎた。まことの理由が知りたくば、おまん自身が京に足を運ぶことや」

誘っているのか。

理由はわからぬが、妙なことに蔵人介は生かされようとしている。

「何度も言わすな。仲間になるなら生かしてやる。敵になるなら死ぬだけや。京がおまんの墓場になるかもしれへんで」

「おぬし、まことの名は何と申す」

仕舞いに問うと、男は呵々《かか》と嗤《わら》った。

「百舌鳥や。ほかに名などあらへん。ほれ、みてみい」

ぼっと、松明《たいまつ》の火が灯《とも》った。

屋根には長竿が刺さっており、長竿の先端には藻のようなかたまりが串刺しになっている。

人の首だ。

出羽屋久兵衛の生首にちがいない。

「百舌鳥の早贄《はやにえ》か」

もはや、返事はなかった。

見上げたさきには、闇がひろがっているだけだ。

「……と、殿」

後ろから、弱々しい声が聞こえてくる。

振りむけば、串部がずぶ濡れでやってきた。

「おう、生きておったか」

「……あ、あんまりにござる」

「すまぬ。おぬしのことゆえ、無事だと信じておった」

「ま、無事ではござりますがな」

顔や手足に火傷《やけど》を負ってはいるものの、しっかり歩いてもいるし、心配するほどの怪我でもない。

それより、懸念すべきは犬丸大膳のことだ。

半月余りまえ、中之郷《なかのごう》の朽ちた毘沙門《びしゃもん》堂で対峙した。

串部もその場にいたが、犬丸に居竦《いすく》みの術を掛けられた。

手下の室田佐五郎はどうにか成敗できたものの、愛刀の国次をまっぷたつに折られたのだ。

そして、犬丸は取り逃がした。

まともにやりあっていたら、危うかったかもしれぬ。

蔵人介がそうおもうほど、手強《てごわ》い相手であった。

しかも、犬丸大膳の正体と目途《もくと》は判然としない。

知りたければ、京に行かねばならぬのだろうか。

橘の許しを得るしかないと、蔵人介は覚悟を決めた。

九

二日後、城内。

みなが寝静まったころ、蔵人介は控え部屋から抜けだし、廊下に足を忍ばせた。

行く先は楓之間《かえでのま》、公方が寛《くつろ》ぐ御小座敷の脇から御渡《おわたり》廊下を抜けた左手、上御《かみのお》錠口《じょうぐち》の手前にある部屋だ。

控え部屋からは遠い。息をひそめて長大な廊下を渡っていかねばならない。

楓之間のさらにその奥には、本来なら公方だけにしか出入りが許されていない御用之間がある。四畳半の「隠し部屋」で、一畳ぶんは御用箪笥《だんす》が占めており、たいせつな書籍や目安箱に投じられた書状などが納められている。

ただし、先君の家斉と今将軍の家慶は一度も足を踏みいれたことがない。

今はすっかり、橘右近の御用部屋になっている。

いつもその「隠し部屋」で密命を授けられた。

蔵人介は足を忍ばせ、暗い廊下を進んでいく。

廊下をまっすぐに抜ければ上御錠口、銅《あかがね》壁の向こうは大奥《おおおく》である。

見張りの小姓にみつかれば、確実に首が飛ぶ。

何故、こうまでして御用之間へ渡らねばならぬのか、深く考えたこともなかった。

新たな命を下されるたびに「死を覚悟せよ」と戒められているようでもあるし、密命を外に漏らさぬための踏み絵を踏まされている感じもする。おそらく、その両方なのだろう。

蔵人介は廊下に人気のないことを確かめ、楓之間に身を差しいれた。

一寸先もみえぬ暗闇のなかでも、床の間までは正確に歩いていける。

いつもどおりに掛け軸の紐を引くと、芝居仕掛けのがんどう返しさながら、壁がひっくり返った。

「来おったか」

やにわに、棘《とげ》のある声を投げかけられる。

橘右近は、御用箪笥の手前にちょこんと座っていた。

向かいあう恰好で座ると、丸眼鏡がきらりと光った。

「仕留めたようじゃな」

「はっ」

「秋元家の江戸家老、山辺帯刀が腹を切ったらしい」

「何と、さようにござりましたか」

「勘定奉行の婿養子にそそのかされ、領地の一部を奥高家へ譲りわたす証文に花押を書いた。志朝《ゆきとも》公の筆跡をまねたそうじゃ」

証文の偽造は大罪だが、事がおおやけにされることはないという。

藩の顔ともいうべき江戸家老の裏切りが白日の下に晒されれば、秋元家は大恥を掻くことになり、幕府からも何らかの処分が下されかねない。

橘はそのあたりを斟酌《しんしゃく》し、独断で事を闇から闇へ葬ったのだ。

「志朝公から預かったものがある」

丸眼鏡の忠臣は御用箪笥の脇から、白木《しらき》の鞘に納められた刀を取りだした。

「通称は鳴狐《なきぎつね》、粟田口国吉《あわたぐちくによし》の業物《わざもの》らしい。ほれ、ありがたく頂戴せよ」

「……よ、よろしいのですか」

「抜いてみせよ」

「はっ」

蔵人介は白木の柄を握り、すっと本身《ほんみ》を抜いた。

淡い光を蒼白く映す刃は、冴えた地金に互《ぐ》の目丁字《ちょうじ》の刃文を浮かびたたせている。

「見事でござる」

ごくっと、生唾を呑んだ。

橘も目を吸いよせられている。

「銘刀じゃな」

「はい。手入れも行きとどいてござります」

血曇《ちぐも》りひとつない。おそらく、人の血を吸っていないのだろう。

「志朝公は勘の鋭いお方じゃ。紫藤中務少輔はおぬしに成敗されたと察しておられる。無論、わしはひとことも漏らしておらぬぞ。ご自身でそうご判断し、家宝のお刀を賜《たまわ》られたのじゃ。本来なれば直に賜るものではあるが、あくまでもおぬしは日陰の身、御目見得《おめみえ》できぬと拒んだところ、わしに宝刀を託されたのじゃ。ありがたく、お受けせよ」

「はは」

蔵人介は納刀した刀を両手で捧げるように持ち、心の底から感謝の意をあらわした。

橘は座りなおし、きっぱり告げる。

「されば、この一件は仕舞いじゃ」

「お待ちを」

すかさず応じると、橘は眼鏡の奥から睨みつけてくる。

「何じゃ」

「どうも、腑《ふ》に落ちませぬ」

「逃がした男のことか」

「いかにも。そやつ、甲賀五人之者のひとりにござりました」

「わかっておる」

「されば、何故、探索をお止めになるのでございますか」

「脅しを掛けられただけのことじゃ。深追いせずともよい」

「いいえ、橘さまはお命を狙われたのでございます。しかも、狙わせたのは奥高家にあらず、甲賀五人之者を束ねる犬丸大膳にござる。何故、犬丸が橘さまのお命を狙わねばならぬのか、ご存じならば、お教え願いたく存じまする」

橘はしばし黙り、落ちついた口調で喋りはじめた。

「犬丸大膳とて雇われ者、誰かの命で動いておる。その誰かが、余計なことに首を突っこめば命を落とすと警告したのじゃ」

「ご無礼ながら、お命を惜しまれるのでございますか」

「いいや、そうではない。すべては徳川家をおもうてのことじゃ。徳川宗家は、尾張、紀伊《きい》、水戸《みと》の御三家が支えあってこそ安泰となる。三本の矢のうち一本でも折れたら、土台から崩れてしまうにちがいない」

「犬丸を雇う者は御三家にいると」

「それはわからぬ。ただ、尾張あたりに不穏な動きがあるのは確かじゃ」

蔵人介はみずから意図したわけでなく、甲賀五人之者という得体の知れぬ連中と関わりを持った。三月《みつき》ほどのあいだに、三人の配下を葬ったのだ。そのなかのひとり、野上八太夫は尾張家の歴《れっき》とした重臣であった。

尾張家は前当主の死去にともない、昨年、御三卿田安《たやす》家から斉荘《なりたか》を新たな当主として迎えた。だが、斉荘の養子入りは幕府のごり押しによるもので、本来は尾張家の血統を継ぐ支藩から迎えるべきであるとして、藩内に大きな反発を生んでいた。野上は尾張家内の対立を煽り、亀裂を深める役目を負っていたのだ。

尾張家の継嗣については、老中首座の水野忠邦が強力に推しすすめ、尾張家付家《つけが》老《ろう》の成瀬《なるせ》正住《まさずみ》とはかって隠密裡にすすめたとの噂もある。それゆえ、怨嗟《えんさ》のはけ口となった水野にたいしても、犬丸大膳は配下の肥前屋藤吉に命じて大名貸しという甘い罠を仕掛けさせた。

しかも、隣国の清が阿片をめぐって英国と交戦している旨の情報を摑むや、その証左となる蘭国発信の『別段風説書《べつだんふうせつがき》』を奥御右筆《おくごゆうひつ》を通じて盗みとり、一方では清国の密輸船から大量に仕入れた阿片を蔓延させようとした。

卑劣きわまりない肥前屋は唐人であった。

犬丸から「拾って刺客に育てた。商売の才覚もあったゆえ、抜け荷もやらせた」と、蔵人介は直に聞いた。

目途がわからぬ。

世の中を擾乱《じょうらん》させたいだけなのか。

そんなはずはない。

犬丸は「仲間になれば、遠大な企てを教えてつかわそう」と誘ってきた。「それを聞けば、おぬしも公方なんぞに見切りをつけようぞ」とまで言ったが、地の底から響いてくるような声は今でも耳に残っている。

もちろん、すべて橘には報告してあった。

犬丸の言った「遠大な企て」とは何なのか。

橘はすでに、見当がついているのかもしれない。

蔵人介は、めずらしく粘った。

「首を突っこむなと、どなたかに言われたのですか」

「ああ、言われた。成瀬隼人正《はやとのしょう》さまじゃ。尾張家の付家老とは申せ、実質は三万五千石を領する大名よ。大名に頭を下げられたら、黙ってしたがうしかあるまい。それに、わしは成瀬さまを買っておる。年若いとは申せ、尾張家の行く末を担うことのできるお方じゃ。そのお方が内々の揉め事ゆえ、隠密行動を控えてほしいとお望みなのじゃ。ここは隠忍自重《いんにんじちょう》いたすしかあるまい」

「はたして、尾張だけで済むはなしにござりましょうか」

「と、言うと」

「百舌鳥なる刺客は申しました。紅花の相場を操ろうとした狙いは、秋元家を潰すことにあったと。しかも、八瀬の里を巻きこむために、こたびのことを仕組んだとも申しました」

「わからぬな。何故、八瀬の里を巻きこまねばならぬ」

「理由が知りたくば、京へ足を運べと誘われました。京へ行けば、犬丸の言う『遠大な企て』の中身を知ることができるやもしれませぬ」

「きやつらめ、おぬしを誘うてきたか。何故、おぬしにこだわるのか、わしも知りたいとおもうておったところよ」

そう言って、橘は短冊を投げてよこす。

「『鬼役にご用心』と書かれたその短冊を目にしたときから、それだけが解けぬ疑念であった。よし、許そう。おぬしの一存で京へ上ると申すなら、暇をくれてやる」

「かたじけなく存じまする」

平伏すると、下地窓から壺庭の萩《はぎ》がみえた。

紅色の花が石灯籠の灯りに照らされている。

耳を澄ませば、微かに鈴虫の声も聞こえてくる。

――りいん、りいん。

橘は静かに言った。

「そう言えば、谷中《やなか》の蛍沢《ほたるさわ》には参じたのか」

「えっ」

「萩で有名な宗林寺《そうりんじ》じゃ。以前、志乃どのに聞いたことがある。毎年、秋の彼岸あたりに、みなで虫聴きに参じるのだと」

「いいえ、まだ参じておりませぬ。ごいっしょにいかがでござりますか」

「ん、わしも参じてよいのか」

「養母《はは》もたいそう喜びましょう」

「お会いしたいな。その日が来るのを楽しみに、日々生きてまいろう」

「大袈裟なことを仰いますな。虫聴きなど、いつでもお好きなときに参られればよろしゅうござります」

「ふふ、そうもいかぬ。されど、おぬしに誘ってもらって嬉しかったぞ」

橘が目を潤ませたので、蔵人介はいささか驚きながらも心中を推しはかった。

徳川の柱石たらんと欲する忠臣がいつになく弱々しくみえ、おもわず、手を取って慰めたくなる。

「橘さま、かならずや京にて犬丸大膳めを捜しだし、黒幕となっている者の野望を打ち砕いてまいります」

「ふむ、頼むぞ。ただし、尾張の扱いだけは、くれぐれも気をつけよ」

「はっ」

「お、そうじゃ」

京へ向かう途中で尾張に立ちより、犬山《いぬやま》城を預かる成瀬家の国家老に挨拶をしていけと、橘は添えた。

「承知いたしました」

さらに深く平伏し、蔵人介は「鳴狐」とともにその場を辞去する。

置物のように座る橘のすがたを目の端にとどめ、ふたたび、城内の暗闇に足を忍ばせた。

第二章　異変、名古屋城

一

江戸を経って九日目の夕刻、蔵人介たちは東海道四十一番目の宮宿《みやのしゅく》に着いた。

京へ向かう道程のうち、七割方は稼いだことになる。

宮とは言うまでもなく、草薙剣《くさなぎのつるぎ》を御神体に奉じる熱田《あつた》神宮のことだ。

本陣二軒、脇本陣一軒、旅籠《はたご》二百四十八軒と東海道のなかでも宿場の規模は抜きんでており、七里《しちり》の渡しまで長々とつづく往来は多くの参詣客で賑わっていた。

「殿、遥々尾張までやってまいりましたな。今宵は綺麗どころを揃えた見世にでも行って、旅の垢《あか》を落としましょうぞ」

「勝手にするがよい。明日は成瀬さまの御屋敷へ参じねばならぬ。出立《しゅったつ》は早朝になろうから、わしらは早く寝るとしよう」

「またまた、野暮《やぼ》なことを仰る」

粘り腰の串部を顧《かえり》みず、蔵人介は卯三郎に命じて旅籠を探しにいかせた。

これも修行の一環と考えて連れてきたが、今のところ足手まといになってはいない。

卯三郎の随行を許してくれた志乃には、橘右近の名代《みようだい》として京へ視察に向かうとだけ伝えてあり、当然のごとく、秋元家の改易を狙った犬丸大膳の策謀や逃がした百舌鳥の行方を捜すことなどは秘した。

志乃は意に介さず、根掘り葉掘り聞こうともしなかったが、自分が生まれた八瀬の里にだけは立ちよってほしいと言った。もちろん、そのつもりだし、猿彦に京の案内を頼もうとおもっている。

ただ、今はこの尾張名古屋《なごや》で橘の用件を済ませねばならない。

尾張藩内の対立はいっそう深刻になっているとも聞いていたので、串部のように旅先で羽を伸ばす気分にはならなかった。

一方、卯三郎はそわそわと落ちつきがない。

生まれてはじめて江戸を出たのだから致し方ないにしても、みつけてきたのは旅籠ではなかった。

「さあ、こちらにござります」

表通りから一本裏道へ踏みこむや、淫靡《いんび》な雰囲気が漂いはじめる。

「若、このあたりに旅籠はござりませぬぞ」

「えっ、されど、留女《とめおんな》に袖を引かれたのだぞ」

「ぬふふ、それは女郎《じょろう》部屋の客引きにござるよ」

串部は楽しげに笑う。

と、そこへ。

肩まで白い化粧を塗った娘が、鉄砲弾のように飛びだしてきた。

裾をからげて尻《しり》っ端《ぱし》折《よ》りになり、こちらへ突進してくる。

「待ちやがれ」

すぐ後ろから、破落戸《ごろつき》どもが追いかけてきた。

娘は串部をみて驚き、避けようとして転ぶ。

「おい、大丈夫か」

串部は腕を取って起こした。

破落戸どもが追いついてくる。

卯三郎が前面に立ちはだかり、蔵人介は関わりを避けるように道端へ身を寄せた。

破落戸のひとりが叫ぶ。

「旅のお武家さま方、その娘をお渡しくだせえ」

「ん、この娘をか」

串部は惚《とぼ》けた顔で応じ、娘のほうに水を向けた。

「ああ申しておるが、どういたす」

「戻ったら、半殺しにされちまいます」

「それは穏やかでないな。おぬしら、この娘をどうする気だ」

「まどろっこしい侍《さむれ》えだな。そいつは足抜け女郎。しかも、売られてきてまだ日は浅え。助けてえなら、身請《みうけ》代を払ってちょ」

「いくらだ」

「三十両」

「吹っかけたな。そんな金が払えるか」

「なら、おとなしく娘を渡しな」

「それはできぬ。窮鳥懐《きゆうちようふところ》に入れば猟師も殺さずと申すしな。二十歳そこそこの娘に助けてほしいと頼まれたら、聞かぬわけにはいくまい」

「四の五の抜かすと、痛え目に遭うぞよ。尾張の地廻りを舐めたらいかんわ」

破落戸どもが一斉に匕首《あいくち》を抜く。

「待ちな」

後ろから、野太い声が掛かった。

恰幅のよい町人が、客らしき侍ともども押しだしてくる。

「おれは、ねずこの武平《ぶへい》。こいつらを束ねている。お武家さま、わるいことは言わねえから、手を引いちゃもらえめえか」

「嫌だと言ったら」

「刃傷沙汰《にんじょうざた》を起こせば、今宵の宿を失う。いいや、それどころか、お城のお役人にしょっ引かせる」

「弱い者を助けて、何故、縄を打たれねばならぬのだ」

「教えてやろうか。こちらにおわす横井金吾《よこいきんご》さまが、藩のご重臣であられる五木奉《ごぼく》行さまのご配下だからじゃ。さ、横井さま、おひとこと」

「ふむ」

名指しされた小役人は、偉そうに胸を張る。

「その女郎め、脱げと言うても着物を脱がず、泣いてばかりおる。それでは商売になるまいと頬を平手打ちにしたら、部屋の襖障子を蹴倒して出ていきよった。このわしを誰と心得る。尾張藩六十一万九千石の役人ぞ。しかも、只の役人ではない。木曾《きそ》五木の商いを司《つかさど》る藩の稼ぎ頭ぞ。宿場女郎の分際でわしを愚弄いたせば、どうなるかわからせてやらねばなるまいが」

串部は笑った。

「おもしろい。尾張藩の役人てのは、女郎屋で遊びほうけても罪に問われぬらしいな」

「あくまでも助けると申すなら、こちらにも考えがある」

「どういたす」

「武平、あやつらを斬り捨てよ」

「よろしいので」

「ああ、わしが許す」

「それじゃ、先生をお呼びしましょう。先生、馬籠《まごめ》先生」

最後方から、薄汚い恰好の素浪人がのっそりあらわれた。

「いかにも、馬籠軍内《ぐんない》だが、いかがした」

「先生、ご活躍の好機だなも。あっしは先生に月々三両も払っている。そのぶんの仕事をしていただきましょう」

「ようし、わかった」

武平の言い分にうなずきつつも、馬籠は二の足を踏む。

「されど、相手は三人だな」

「それがどうかしましたかい。尾張柳生《やぎゅう》の免状をお持ちの先生なら、痩せ侍の三人くらいは瞬《まばた》きのうちに始末できましょう」

「まあな」

蔵人介はいっさい口を出さず、端《はな》から黙って眺めている。

串部はこの場を任されたと意気に感じているようだが、馬籠と対峙しているのは卯三郎のほうだった。

尾張柳生の免状を持っているというなら、相手にとって不足はあるまい。

「若造、斬られても後悔するなよ」

馬籠は一歩踏みだし、三尺近い刀を抜きにかかる。

つぎの瞬間、卯三郎は素早く相手の懐中に飛びこんだ。

「ぬりゃ……っ」

馬籠が抜いた刀を易々《やすやす》と避け、鳩尾《みぞおち》に固めた拳《こぶし》を埋めこむ。

「うっ」

刀も抜かずに、用心棒を昏倒させてしまったのだ。

「げっ」

武平と手下どもは仰《の》けぞり、小役人の横井もことばを失う。

それでも、武士の意地が残っているのか、横井は刀を抜きかけた。

串部がすっと近づき、脇差を抜いて地の底を払うような一撃をくれてやる。

「ぎぇっ」

横井は横転し、右臑を押さえながら地べたに転がった。

串部は豪傑を気取って「がはは」と嗤いあげる。

「柳剛流の臑斬りだ。骨は折れたかもしれぬが、臑があるだけありがたくおもえ」

怯《ひる》んだ破落戸《ごろつき》どもが、こちらに尻をみせて逃げだした。

「おっと、おぬしだけは逃がさぬぞ」

串部はにゅっと腕を伸ばし、武平の襟首を後ろから摑む。

「ひぇっ、命だけは」

「ああ、助けてやる。ただし、この娘にちょっかいを出さぬと約束したらのはなしだ」

「……や、約束する、小菊《こぎく》とは赤の他人。金輪際《こんりんざい》、関わりはねえ」

「よし、それでいい。ついでに、今夜の旅籠を手配しろ。宿場で一番宿代が高いところをな」

「もちろんで。宿代はぜんぶ、こっちで持たせていただきます」

串部のおかげで、快適な夜になりそうだ。

助かった娘の目元には、泣きぼくろがある。

嫣然《えんぜん》と微笑むその横顔に、一瞬であったが、蔵人介は何か尋常ならざるものの気配を感じとっていた。

二

翌早朝、宿場に靄《もや》が立ちこめるなか、蔵人介一行は城下をめざした。

街道は北へまっすぐに延び、左手には満々と水を湛《たた》えた堀川《ほりかわ》が流れている。

「かの福島正則《ふくしままさのり》が掘鑿《くっさく》した川でござる」

串部は、知ったかぶりをしてみせた。

卯三郎は眸子《まなこ》に好奇の色を浮かべ、何度もうなずいている。

しばらくのんびり進むと、寺社地にたどりついた。

「右手が万松寺《ばんしょうじ》、織田信長が父親の葬儀で抹香《まっこう》を投げつけた寺にござる。左手が大須《おおす》観音で、少し進んだ右手には若宮《わかみや》八幡宮がござりまする。門前は名古屋随一の盛り場でしてな」

とは言うものの、早朝なので閑古鳥《かんこどり》が鳴いている。

串部も鶏のように鳴きつづけ、時折足を止めては、町割りの描かれた絵図面をひらいた。

「堅牢《けんろう》を誇る名古屋城は、北面と西面に天然の要害となる湿地を抱えてござる。それゆえ、城下は城を北西隅に配して東と南に広がっております」

東西、南北ともに長さは一里二十丁（約六・一キロメートル）ほどあり、東端と南端には寺社が配され、碁盤の目にしたがって東西に武家地が振りわけられている。城へ向かう町割りは、町続《まちつづき》、寺社門前、町中《まちじゅう》の三つに分かれており、町中には商家や長屋が密集していた。

「おっ、みえたぞ」

蔵人介は立ちどまり、北西の城を仰いだ。

桟瓦《さんがわら》の甍《いらか》が波と連なる御殿群の向こうに瑠璃《るり》色の五層天守が超然と聳えている。

流麗な千鳥破風《ちどりはふ》が折りかさなる意匠《いしょう》は息を呑むほどで、もちろん、大屋根の突端には黄金の鯱《しゃち》が燦然《さんぜん》と輝いていた。

「おお、ほほ、見事でござるな。やはり、城は天守じゃ。天守のない城は、どことのう頼りない」

串部は江戸城のことを言っているのだ。

蔵人介を育ててくれた御家人の父は、天守のない江戸城を何十年も守りつづけた天守番《てんしゅばん》であった。まだ若いころ、仕えていた御庭番《おにわばん》にしたがって九州へおもむき、薩摩《さつま》藩の内情を探索した。帰路、肥後《ひご》との国境にあった逃散《ちょうさん》の村で、置き去りにされていた幼子を拾った。それが蔵人介だった。

父の孫兵衛に告げられたわけではない。幼いころの記憶が甦ったのは、孫兵衛が非業の死を遂げた今春になってからのことだ。何の感慨もなかったし、出自を探ろうともおもわなかった。

自分は天守番の子として育てられ、毒味役を家業とする矢背家の養子になった。そして、橘右近の密命にしたがい、暗殺御用をおこなっている。出自がどうであろうと、それこそが紛れもない真実なのだ。

「天守から町並みを見下ろしてみたいものでござる」

串部がぼそっとこぼした。

町の数は百近くあり、町人は七万五千人におよんでいるという。

町中を南北に貫く本町《ほんまち》通りには、書肆《しょし》が軒を並べていた。目立っているのは『大惣』と書かれた貸本屋の屋根看板だが、敷居の広さが際立っているのは書肆ではなく、材木商の店であった。

「木曾屋、木曾屋……どこまでいっても木曾屋か」

一丁まるごと歩いても、檜《ひのき》の香りを振りまく『木曾屋』の終わりはみえてこない。

おそらく、藩の御用達なのであろう。売木で一年に三万両もの利益をもたらすという木曾材の問屋は、他藩への大名貸しでも莫大な利益をあげているらしかった。

さらに進むと、そこはかとなく菊の香りが漂ってくる。

明日は重陽《ちょうよう》の節句、町屋の家々では丹精込めて育てた菊を披露しあうのだ。

「そう言えば、昨日助けた娘は小菊と言いましたな」

串部が恐い顔で脅しつけた甲斐もあって、小菊という娘は昨夜泊まった旅籠の『布袋屋《ほてい》』で雇ってもらうことになった。目元に泣きぼくろのある愛らしい娘であったが、どことなく尋常でない雰囲気を纏っていたような気もする。

注意を凝らしていたわけでもないので勘違いかもしれず、いずれにしろ、蔵人介の脳裏からは消えかかっていた。

「横井とか申す小役人、もう少し痛めつけておけばよかったですな」

「臑の骨を折ったのだ。それで充分であろう」

小役人や地廻りのことも、記憶から遠ざかっていく。

靄はすっかり晴れていた。

三人は外濠《そとぼり》に架かる橋を渡り、本町門を潜った。

ここからさきは城の縄張り内、重臣たちの豪邸が並んでいる。

屋敷の配置はとりもなおさず重臣の位を示しているのだが、付家老である成瀬家の屋敷は城の正門にもっとも近いところにあった。

蔵人介は橋からの密書を携えている。

江戸屋敷に詰める成瀬隼人正に託された書状であると予想はついたが、もちろん、中身までは知らない。

密書を届ける相手は、成瀬家の国家老である土岐久通《ときひさみち》である。

橋によれば、名家の出でもある土岐という老臣こそが、尾張家の安定にとって欠かすことのできない人物らしい。

あらかじめ来訪を報せてあり、門番に誰何《すいか》される恐れもなかった。

門構えは立派だが屋敷内の設《しつら》えは簡素で、質実剛健の気風を感じさせた。

通された客間には床の間があり、細長い花入れに実の熟した梅擬《うめもどき》が飾ってある。

鮮烈な紅色に目を射抜かれたところへ、風貌が橘によく似た小柄な老臣が音もなくあらわれた。

「土岐久通でござる」

上座に腰を下ろすなり、重々しく言いはなち、皺顔で柔和に微笑んでみせる。

橘には「交渉上手の狸《たぬき》」と聞いていたが、どうやら、この微笑みに絆《ほだ》される者が多いらしい。

蔵人介は平伏した。

「矢背蔵人介ならびに一子卯三郎、従者の串部六郎太にござります。公儀御小姓組番頭の橘右近より、書状を預かってまいりました」

「大儀《たいぎ》、これへ」

「はっ」

立ちあがって中腰になり、取りだした密書を手渡す。

土岐はさっそく、巻紙をずらりと簾《すだれ》のごとく横へ流した。

密書はかなり長い。筆跡まではみえぬため、誰がしたためたかは判然としなかった。

「これはわが殿からの申しおくりじゃ」

おもいがけず、土岐は書き手の素姓を明かした。

それだけではない。

「木曾を御公儀の蔵入地《くらいりち》となす案が隠密裡に諮《はか》られようとしておるようじゃ」

と、機密の内容まで吐露する。

「しかもな、この由々《ゆゆ》しき案は、何と尾張家内部から発せられたものじゃ。発信元を探りだせと、わが殿はご命じでな、おぬしら、ちと手を貸してくれぬか」

そういうことかと、蔵人介は内心で臍《ほぞ》を嚙んだ。

要は尾張家の粗《あら》探し、貧乏籤《くじ》を引かされるようなものだ。

もちろん、断ることはできぬので、平伏して頼みを受けた。

「かたじけない。橘さまもそのおつもりで貴公らを使わしたのであろう。ときに、矢背どのは上様のお毒味役であるとか」

「いかにも」

「毒味と隠密を兼ねておられるというわけじゃな。して、隠密御用のなかには、人斬りもふくまれておるのか」

「ご返事できかねます」

「まあ、そうであろうの。おぬし、幕臣随一の手練《てだれ》でもあるらしいな」

橘はいったいどこまで伝えているのだろうと、疑心暗鬼にならざるを得ない。

土岐はかまわずにつづけた。

「今、藩士たちのあいだには根深い亀裂が生じておる。斉荘公を蔑《ないがし》ろにする怪《け》しからぬ輩《やから》が徒党を組み、陰に日向《ひなた》に藩政批判を繰りかえしておるにもかかわらず、これらを取りしまる側も弱腰ゆえに、批判する者たちは増長しきっておるのじゃ」

弱腰になる理由は、隠居して「大殿」となった斉朝《なりとも》公が徒党を組む連中の後ろ盾になっているからだと、土岐は声をひそめる。

斉朝は二代前の藩主で、そもそもは御三卿一橋《ひとつばし》家からの養子だったにもかかわらず、自分の次とその次に藩主となったふたりが徳川宗家のごり押しで迎えた養子であることに強い不満を抱き、世継ぎの支藩として興された美濃高須《みのたかす》藩から尾張家の血統を迎えるべきとの立場を貫いていた。

「斉朝公の癇癪《かんしゃく》持ちは有名でな、今から四年前、わが殿も逆鱗《げきりん》に触れたことがあったほどじゃ」

先代の斉温《なりはる》が婚礼を催すにあたって、江戸詰の成瀬正住はみずからの城である犬山城へ入城しようとした。それを聞いた斉朝が、何をさておいてもまずは名古屋城へ挨拶に来るのが付家老の役目であろうと激怒し、正住は慌てて斉朝のもとへ伺候《しこう》して事なきを得たという。

「ことほどさように癇の強い殿さまであれば、臣下や民の心は離れていくのが必定じゃが、そうはならなんだ。何せ、斉温公はただの一度も名古屋へ足を踏みいれず、江戸の尾張屋敷で数百羽もの鳩を飼われておった。すべての鳩に名を付け、莫大な餌代を浪費したのじゃ」

それだけではない。江戸城西ノ丸の再建に際して、木曾檜九万両ぶんを献上し、藩財政が火の車になる一因をつくった。「鳩大納言《だいなごん》」と揶揄《やゆ》され、心労が祟《たた》って亡くなったものの、そのあいだに地元名古屋で憤懣《ふんまん》の受け皿となったのが、斉朝公にほかならなかった。

つぎからは養子の藩主はやめにし、支藩から藩主を迎えて再構築をはかろう。

誰もがそうおもっていたやさき、幕府はふたたび御三卿田安家から藩主を迎える決定を下した。しかも、亡くなった斉温の兄である。弟の斉温は大御所となった宗家家斉の十九男、新たな藩主となる斉荘は家斉の十二男なのだ。

尾張家を下に置くという宗家の意図は目にみえている。地元勢力の反発は必至と読んだのか、斉荘への継承は斉温が没すると同時に、なかば強引におこなわれた。老中首座の水野越前守が江戸の尾張藩邸におもむき、田安家当主の斉荘とともに近習《きん》《じゅ》をごっそり尾張へ送りこむ旨《むね》を通達したのだ。

名古屋で隠然とした力を持つ斉朝にはいっさいの相談もなく、文字どおり、寝耳に水の通達であった。先の決定には成瀬正住が深く関わっていたと噂され、尾張藩の急進派には正住の首を狙う者までいるという。

「嘆かわしいことじゃ」

土岐は溜息を吐き、紙を一枚抛《ほう》る。

紙には「尾張にはのうなし猿が集まりて見ざる聞かざる天下取らざる」と書かれてあった。

「それは八代将軍吉宗《よしむね》公の御代に名古屋で流行した落首《らくしゅ》じゃ。今になってまた流行病のごとく藩士たちの口の端にのぼりはじめた。無論、尾張は御三家筆頭であるにもかかわらず、幕初よりこの方、一度たりとても将軍を出したことがない。わが尾張藩から将軍を出すのは藩士たちの悲願でもあってな、そうした熱いおもいがすべての根っこにある」

土岐は目を伏せた。

「斉荘公は御心のお優しいお方じゃ。斉朝公に抗うには、ちとひ弱に過ぎる。今はまさに針の筵《むしろ》に座らされておられるようなものでな、可哀相でみておられぬ。それでな、ひとつお慰みにと、御前試合を催すことになった。矢背どのも参じられよ。幕臣随一の手練と聞けば、わが藩の腕自慢たちも身を乗りだしてこよう」

「はあ」

「乗り気ではなさそうじゃな。されど、これも斉荘公のためとおもうてくれぬか」

京へ急がねばならぬというのに、厄介事をふたつも頼まれた。

蔵人介は焦燥に駆られつつ、成瀬屋敷をあとにした。

三

三日後、長月《ながつき》十一日。

——どん、どん、どん。

二ノ丸南の太鼓櫓から、入城を促す太鼓の音が響いてくる。

御前試合の催される今日は、朝から雲ひとつない快晴となった。

蔵人介たちは歴代の尾張藩主が拠る二ノ丸にあって、大広間の広縁端から天守を見上げている。

藩主の斉荘や大殿の斉朝はもちろん、重臣たちも揃っていない。

早々と案内を請うたのは、天守をじっくり堪能したいからだった。

串部によれば、今の天守は創建から約百年のちの宝暦《ほうれき》年間に再構築されたものだという。

「眺めれば眺めるほど、見事にござります」

卯三郎は、うっとりした顔でこぼした。

たしかに、見事としか言いようがない。

銅瓦葺《ぶ》きの屋根に反りの強い軒先、対《つい》の金鯱は城下を隅々まで睥睨《へいげい》している。白漆喰《しっくい》の塗りこめられた壁は瑠璃《るり》色の屋根と鮮やかな対比をなし、とりわけ千鳥破風と唐《から》破風を五層に重ねた外観がすばらしい。

蔵人介の座る斜め方向からは南正面の妻側と西の平側が両方みえ、天守の複雑な構造がじつによくわかった。辺の長い平側は二層目に三角の千鳥破風《ちどりはふ》を比翼に並べ、三層目はまんなかにひとつだけ置いている。一方、妻側は二層目に千鳥破風をひとつ置き、三層目にふたつと四層目にひとつ置いていた。平側と妻側で千鳥破風の数を交互に入れかえつつ上下に重ね、それらにくわえて、優美な曲線の唐破風を平側の四層目にひとつ、妻側の二層目にふたつ合わせることで変化を持たせており、流麗にして力強い印象をこれでもかというほどみせつけている。

工夫されているのは、外観の意匠ばかりではない。防禦《ぼうぎょ》の面でも工夫は随所にほどこされていた。たとえば、一層目の軒裏には石落《いしおとし》が隠されており、純白の外壁は鉄砲狭間がみえぬようにつくられ、窓の格子も白い土戸《つちど》を閉めれば壁と区別がつかなくなる。あるいは、破風の谷に集まる雨水を流す銅の竪樋《たてひ》などをみてもわかるとおり、耐久力への配慮も怠りない。

ところが、天守や本丸御殿で主人は暮らしていなかった。本丸は江戸表から将軍が訪れた際の御成《おなり》御殿にほかならず、町人たちにも「御天守は日の本一の空き家なり」と皮肉られている。

初代義直《よしなお》公からの定式《さだめしき》ゆえ、致し方あるまい。そのかわり、藩主の起居する二ノ丸は本丸の三倍におよぶ広さを有し、二ノ丸の北に配された庭と本丸がほぼ同じ広さとなっていた。

俯瞰《ふかん》すれば、城の縄張りは大小七つにおよぶ方形の曲輪《くるわ》からなり、本丸の後方に御深井丸《おふけまる》、南西に西ノ丸、前方に大手馬出《おおてうまだし》、後方東寄りに御塩蔵構《おしおぐらがまえ》、本丸東に搦《からめ》手《て》馬出が配置され、もっとも広い二ノ丸は全体の東半分を占めていた。

その二ノ丸にある大広間広縁において、御前試合が催されようとしている。

やがて、重臣たちが大広間に集いはじめた。

土岐久通がわざわざ末席まで足を運び、丁重にお辞儀をする。

「矢背どの、本日はよしなに。ご参じいただくのは、おそらく、とりの一戦になろう。相手は登坂《とさか》四郎兵衛《しろべえ》、斉朝公お気に入りの近習じゃ。尾張柳生屈指の手練ゆえ、心して掛かられよ」

「はっ」

相手の名を知らされても、ぴんとこない。

御前試合は対面形式でいくつか仕込まれており、いずれも蟇肌竹刀《ひきはだしない》を使うとだけ聞いていた。

蟇肌竹刀は、割れ竹を束ねて革筒で包んだ代物だ。三尺三寸と長く、革筒の表面に劣化を防ぐための赤漆が塗られている。てらてらした赤漆塗りの表面が、蟇蛙《ひきがえる》の肌に似ているらしい。稽古で打っても怪我をせぬようにと、新陰流《しんかげりゅう》の流祖である上泉信綱《かみいずみのぶつな》が考案したというが、革筒の縫い目を刃に見立てるところなど、少しばかり無理がある。

蟇肌竹刀であろうと木刀だろうと、蔵人介はまったく意に介さない。

緊張した様子もなく、広間に集う顔ぶれに注意深く目を貼りつけた。

土岐は上座のそばに侍《はべ》り、こちらにしっかりうなずいてみせる。

同じ上座に列するのは、おそらく、斉荘の供をして江戸表の田安家から従ってきた連中であろう。

土岐によれば、家老は小倉播磨守《おぐらはりまのかみ》といい、頭に霜が降ったような老臣だという。すぐにわかった。周囲に座る近習は、いずれも元田安家の者たちであろうが、肩身の狭いおもいをしているらしく、いずれも表情は暗い。

小姓が叫んだ。

「上様のお成りい」

書院横の戸がすっと左右に開かれ、斉荘とおぼしき人物が刀持ちをしたがえてあらわれた。

土器茶《かわらけちゃ》の裃は纏っているものの、公式行事ではないので烏帽子《えぼし》はかぶっていない。

齢三十一と聞いたが、二十歳の若者にみえる。

予想したとおりのうらなり瓢簞で、顔色は病を患った者のように蒼白かった。

大広間に集った者たちが平伏するなか、斉荘は上座に腰を下ろす。

「大儀」

上擦った声を発する様子から推すと、御三家筆頭の尾張家を率いていくには荷が重すぎる印象だった。

それでも、忠臣たちが守《も》りたてていけばよいはなしだが、周囲には公然と離反を叫んだり、腹にいちもつある連中ばかりが控えている。

土岐も言ったとおり、蔵人介は同情を禁じ得なかった。

はたして、御前試合が慰めになるのかどうかも疑わしいところだ。

試合にのぞむ剣士たちは、白鉢巻きに襷《たすき》掛けまでやりはじめている。

だが、上座に座るべきもうひとりの主役がいっこうにあらわれない。

大広間はざわめきだした。

するとそのとき、天守の金鯱を掠《かす》めるように飛来してきたものがある。

「千代丸《ちよまる》じゃ」

誰かが叫んだ。

凄まじい速さで迫る黒い影の正体は、一居《ひともと》の鷹《たか》にほかならない。

一同の目が空に集まった間隙《かんげき》を衝き、狩衣《かりぎぬ》姿の人物が庭に飛びおりた。

鷹は広縁めがけて脇目も振らずに滑空し、糸を引くように近づいてくる。

そして、狩衣の人物が慣れた仕種《しぐさ》で腕を突きだすや、鹿革のえがけにきっちり降りたった。

「ふはは、愛《う》いやつじゃ」

呵々と嗤ったのは、大殿と呼ばれる斉朝である。

可愛がっている鷹に肉片を与え、大広間の連中をぐるりと見渡した。

「鷹狩りにまいらねばならぬところであったが、おもしろい趣向があると聞いたゆえ、こうして足労した。土岐よ、まことにおもしろい趣向なのであろうな」

傲岸不遜《ごうがんふそん》を絵に描いたような元藩主は、土岐を目の敵《かたき》にするかのごとく問いかける。

成瀬家の老家老は平伏したまま、顔もあげられない。

なるほど、相手を威圧するだけの覇気《はき》は備わっているようだ。

しかも、力士のごとき側近を後ろに侍らせている。

尾張柳生屈指の手練、登坂四郎兵衛にちがいない。

斉朝は八の字の口髭を動かし、後ろもみずに語りかけた。

「登坂よ、どうやら、御前試合らしいぞ」

「いかにも、さようにござりますな」

「はたして、このなかに、おぬしに張りあえる者がおろうかの。いつもどおり、おぬしが勝ちをおさめても、いっこうにおもしろうはないわ」

「お待ちを、大殿さま」

くいっと、土岐が顔を持ちあげた。

「本日は江戸より、剣客がひとり参じてござります。幕臣随一との呼び声も高い矢背蔵人介どのにござります」

「ほほう、幕臣随一とな。それはおもしろそうじゃ。さっそく、登坂と一戦交えさせてみよ」

「本日の大とりにござりまするが」

「まどろっこしいわ。矢背某と登坂の一戦をまっさきにいたせ」

文句を言う者はいない。

斉荘も無言でうなずいた。

「かしこまりました。さすれば、それがしが行司役をつとめましょう」

土岐は衣擦《きぬず》れをさせながら、畳を滑るように近づいてくる。

「大殿はどうか、上座へお進みいただきますよう」

「ふん、わかっておるわ」

斉朝は鷹匠に鷹を預け、広縁にあがってくる。

そのあいだに、蔵人介と登坂は素早く支度をととのえた。

「養父上《ちちうえ》、大事ございませぬか」

案じる卯三郎に、微笑みを返してやる。

「大事ない。みておれ」

「はっ」

急な展開に面食らったが、一度胆を据えれば余計なことは脳裏から消えていく。

むしろ、登坂のほうが気負っているようにみえた。

江戸からやってきた幕臣の剣客と聞いただけで、熱い血が体内を駆けめぐったのかもしれない。

「ふっ、どの程度のものか、とくとみさせてもらおう」

声を発したのは、上座の端に列した重臣のひとりだった。

みなの注目を浴びても、怯んだ様子はみせない。

鰓《えら》の張ったふてぶてしい面で、田安家から移ってきた連中を睨みつける。

「五木奉行の多治見刑部《たじみぎようぶ》か、私語は慎め」

土岐が窘《たしな》めると、斉朝が逆しまに語気を強めた。

「無礼講の場じゃ。よいではないか」

そのことばを期待していたかのように、多治見刑部は満面に笑みを浮かべる。

横井某という五木奉行の配下を、串部は宮宿で痛めつけた。旅籠の主人に「上役の多治見さまは今や飛ぶ鳥を落とす勢い」と告げられたのをおもいだし、蔵人介は五木奉行の四角い顔を目に焼きつけた。

「両者、前へ」

土岐が朗々と声を響かせる。

慣れない蟇肌竹刀を握り、蔵人介は大男の登坂と対峙した。

得手とするのは居合なので、真剣ならば鞘《さや》の内で勝負をつけるところだ。

だが、御前試合に鞘はない。

長い棒の打ちあいで勝負を決することになる。

真剣勝負とはほど遠いものの、剣の修行を積んだ者ならば物腰をみただけで相手の力量は判断できた。

なるほど、登坂は強い。

相手を呑んでかかる気迫だけでなく、確かな技倆《ぎりよう》の裏付けもありそうだ。

しかし、それがかえって、登坂に不幸をもたらすことになる。

遊んでいる余裕はないと、蔵人介におもわせてしまったからだ。

「いざ、まいる」

登坂は青眼《せいがん》の構えで間合いを詰め、竹刀の切っ先を鶺鴒《せきれい》の尾のごとく揺らした。

蔵人介もこれに合わせ、竹刀の切っ先を小当たりに当てながら様子を探る。

――ばしっ。

登坂は強めの一撃をくれ、竹刀を右八相に持ちあげるや、袈裟《けさ》懸《が》けに振りおろしてくる。

――ぶんっ。

太刀風に鬢を揺らされつつも、蔵人介は易々と躱《かわ》しきる。

反転した瞬間、目の端で上座に並ぶふたりの殿さまを捉えた。

いずれも、膝を乗りだしている。

ならば、もう一合《ごう》つきあうか。

一瞬の判断が、返しの一撃を止めさせた。

ぱっとからだを離し、相手の間合いから逃れる。

登坂は豪快に空振りしてみせ、太い首を捻《ひね》った。

「逃げるのか。おぬし、まことの幕臣か」

煽られても、蔵人介は表情を変えない。

「それがしは鬼役にござる」

凛《りん》として言いはなった。

「鬼役、何じゃそれは」

「上様の毒味役にござるよ」

「毒味役の分際で、このわしと互角に闘えると申すか」

「互角ではござらぬ。ご無礼ながら、貴殿とそれがしの力量には天と地ほどの差がござる」

「何じゃと」

「紙一重の差が生死を分ける。剣の勝負とは、そうしたものでござろう。天と地ほどの差とは、じつを申せば、紙一重の差なのかもしれませぬぞ」

「ふん、わかったふうなことを。そのしたり顔、泣き顔に変えてくれるわ」

つぎの一手で勝負を決める。

決すれば、蔵人介に容赦はない。

「ぬりゃ……っ」

登坂は上背を生かし、大上段から乾坤一擲《けんこんいってき》の一刀を振りおろしてくる。

蔵人介はすっと懐中へ滑りこみ、左膝を折敷《おりし》いた。

「うっ」

登坂は呻きを漏らし、石地蔵のように身を固める。

蔵人介の繰りだした蟇肌竹刀の先端が、臍下丹田《せいかたんでん》の急所を突いていた。

大男は白目を剝き、どうっとその場にくずおれる。

埃《ほこり》が舞うなか、誰ひとりとして声を発する者はいない。

卯三郎や串部ですらも、瞬きひとつしていなかった。

それほど峻烈で鮮やかな一撃であった。

「……しょ、勝負あった」

行司役の土岐久通が掠れた声で叫ぶ。

上座に並ぶふたりの表情は、対比をみせていた。

ひ弱な斉荘は嬉しげで、八の字髭の斉朝は険しい顔をしている。

「困ったな」

この勝負が仇《あだ》にならぬことを、蔵人介は祈った。

四

――あの登坂四郎兵衛が負けた。

御前試合での出来事は、尾張家の藩士たちに衝撃を与えたようだった。

土岐久通は鼻高々で、斉荘公がたいそう喜ばれた旨を告げてくれた。

泊まる旅籠も城下随一の贅沢なところに移り、宿代はすべて藩で賄《まかな》ってもらえることになった。

ゆったりとした風呂に浸かって郷土料理に舌鼓を打ち、呼びもせぬのに幇間《ほうかん》があらわれ、綺麗どころが踊りを披露してみせる。串部は鼻の下を伸ばしたきり、極楽の湯に浸かったままあがってこず、まるで役に立たぬ木偶《でく》の坊《ぼう》と化した。一方、卯三郎は慣れぬこと尽くめで疲労の色を濃くしていたが、日課に定めた真剣の素振り一千回だけは欠かさなかった。

長逗留するつもりはないが、土岐に頼まれた課題はまだひとつ残っている。

木曾御領地の直轄を水野忠邦に進言した藩の裏切り者が誰なのか、早々にみつけださねばならない。

翌日は端緒を摑むべく、尾張家の材木事情を調べた。

わかったことは、藩によって木曾材の伐採は厳しく管理されているようにみえて、実態はいくつかの御用達に任されているということだ。

御用達の材木問屋は、大勢の杣人《そまびと》や筏《いかだ》師や木材の加工業者を傘下におさめている。莫大な利益を手にしているだけあって、暮らしぶりも贅を極め、身に着ける衣類や家の調度が一流であることはもちろんのこと、主人は毎晩のように藩の重臣たちを接待しては茶屋遊びに興じていた。

木曾御領地が蔵入地となれば、御用達の連中がどうなるかは予想もつかなかった。ただ、流通の組織《しくみ》をがっちりおさえているだけに、簡単には排除できまい。むしろ、地元の有力な材木問屋を上手に御することが肝要とおもわれた。

夕刻、旅籠に小倉播磨守の使いと名乗る者がやってきた。

「小倉家用人頭、沓掛五郎左衛門《くつかけごろうざえもん》にござる。主人が是非とも屋敷に招きたいと申しております る」

斉荘側近の家老が蔵人介の活躍に感銘し、剣術談義などしたいとのことらしい。

気後れしたものの、家老の誘いを断るわけにもいかず、用意された駕籠に乗って城へ向かった。

何のことはない、小倉屋敷は土岐屋敷の隣にあった。

「主人が待ちかねておりまする」

慇懃《いんぎん》な口調で喋る沓掛は顔もからだも細長く、一見すると弱々しくみえる。ただし、物腰に隙はなく、相当な遣い手であることはわかった。

「あの天秤棒、油断できませぬぞ」

と、従者の串部も囁いてくる。

随伴させた卯三郎も、緊張の面持ちを解かない。

立派な門をくぐって玄関を訪ねると、白髪の主人みずから出迎えてくれ、中庭をのぞむ客間へ導かれていった。

中庭には舞台があり、広縁には見物席も用意されている。

「ささ、矢背どの、こちらへ」

小倉に誘われて腰を落ちつけるや、色鮮やかな衣裳に身を包んだ舞い手たちが小走りに登場し、管方《かんかた》の笙《しょう》や太鼓に合わせて踊りだす。

「華やかでござろう。熱田神宮の巫女《みこ》たちによる振鉾《えんぶ》でござるよ」

卯三郎と串部は目を皿のようにしている。

しばらくすると、管方の演奏が変調し、別の舞い手が登場した。

最後に中央にあらわれたひとりは、眉と口髭に白い毛皮を貼った武将の面をつけている。

太く高い鼻を持つその舞楽面が「貴徳《きとく》」であることを、蔵人介は即座に見抜いた。

「あれは海の向こうの大地を席捲《せつけん》した匈奴《きようど》の王を模したもの。その王が唐土《もろこし》の大帝に降伏し、侯となる故事に因《ちな》んだ舞楽にござる」

小倉は自慢げに説き、蔵人介のほうをちらりとみる。

「矢背どのは、すでに、おわかりのようじゃな。剣術のみならず、舞楽にも造詣《ぞうけい》がおありとみえる」

「いえいえ、熱田神宮に奉じる舞いなど、目にしたこともございませぬ。まことに、ありがたいものをみせていただきました」

舞い手は薄緑の衣を毛で縁取った毛縁装束《けべりそうぞく》を纏い、頭には鸚鵡《おうむ》のごとき甲《かぶと》をかぶっていた。腰には太刀を佩《は》き、手には黒漆塗りの鉾《ほこ》を携えている。

小柄で細身だが、からだのきれは鋭く、舞いの雄大さに惹きつけられた。

管方の演奏が緩《かん》から急に転ずるや、舞い手は鉾を大きく振りまわして四隅を突く。

走舞《はしりまい》とも呼ぶように動きは激しく、鬼気迫るものがあり、蔵人介も気づけば熟練の舞いに酔い痴《し》れていた。

舞いが終わると、席を移して酒宴になった。

上座に落ちついた小倉が、さっそく喋りかけてくる。

「成瀬家の土岐どのにお聞きしましたぞ。何でも、御老中の水野さまに内通した裏切り者を捜しておられるとか」

眉を顰《ひそ》めざるを得ない。土岐の依頼は秘しておかねばならぬ内容のはずだ。

「ご心配にはおよばぬ。土岐どのとはつうかあゆえ、たいていのことはわかっておるつもりじゃ。それがしがおもうに、五木奉行が怪しい。ほれ、御前試合でつまらぬ皮肉を吐いた多治見刑部めにござるよ」

「はあ」

蔵人介が曖昧《あいまい》に応じても、小倉はどんどん喋りつづける。

「多治見は以前から、材木商とつるんで利益を私《わたくし》しているとの噂がございましてな。材木商というのは木曾屋と申す御用達にござる」

城下の大路沿いでみた屋根看板をおもいだす。木曾屋が御用達になったのは三年前のことで、多治見が五木奉行に昇進したのと軌を一《いつ》にする。すなわち、そのころから双方の蜜月ぶりは顕著なものとなり、今にいたっているという。

「これ、五郎左衛門、詳しく説いてさしあげよ」

「はは」

串部に「天秤棒」と綽名《あだな》された沓掛五郎左衛門が、淡々と説きはじめる。

「木曾屋は高価な檜《ひのき》を扱っております」

檜は一定の年輪を刻んだ無節のものであれば、杉の四十倍もの値がつくらしい。

「御用地内に隠し林を持っているとの噂もござります。そこで伐採された檜、サワラ、アスナロ、コウヤマキ、ネズコといった五木は藩の役所を通さずに横流しされ、木曾屋は濡れ手で粟《あわ》の利益を得ているとか」

五木を司る奉行に利益の一部が還元しているのだとすれば、とんでもない藩への裏切りと指弾せざるを得ない。

蔵人介は首をかしげる。

「されど、そう容易《たやす》く木材を横流しできましょうか。木曾路には福島《ふくしま》関所もあることですし」

疑問を呈するや、小倉から言下に否定された。

「なるほど、福島関所は調べが厳しいことで知られておる。されど、檜目付《めつけ》が多治見刑部の弟だとしたらどうする」

材木の搬出に目を光らせる関守《せきもり》には、関ヶ原の戦いで功のあった山村《やまむら》氏が幕初より起用されていた。その山村氏を監視する役が、檜目付であるという。

蔵人介は膝を乗りだす。

「弟なのでござりますか」

「腹違いの弟じゃ。藩の材木を一手に扱う五木奉行と、材木を通過させる関所に陣取る檜目付、両者が組めば鬼に金棒であろう」

小倉の指摘はもっともらしいが、そこまでわかっているのならば、家老の権限を使って多治見に縄を打ち、責め苦でも与えて喋らせたらよかろう。

「それができれば苦労はせぬ」

江戸の他家からやってきた者の言うことに、まともに耳を貸す家臣などいないと、小倉は嘆く。

「われわれはまだしも、不憫《ふびん》なのは斉荘公じゃ。大きい声では言えぬが、今はただのお飾りにすぎぬ。お飾りならまだしも、命を狙う者が出てくるやもしれぬ」

「まさか」

藩主が家臣に命を狙われることなど、断じてあってはならない。

だが、御前試合で大広間に集った連中をみれば、あながち杞憂ではないかもしれないとさえおもえてくる。

蔵人介はもう一度、最初の問いに立ちもどった。

「かりに、五木奉行が幕閣のご老中に内通しているとして、狙いはいったい何なのでしょう」

今のままで甘い汁をいくらでも吸えるのだとしたら、敢えて儲けの源を手放すようなことはすまい。

「そこじゃ。現にこうして、材木商と結んで私腹を肥やしているのではないかと、多治見は疑われておる。おそらく、本人も勘づいておるはずじゃ。このままでは危うい、しかるうえは大胆な策に打ってでて、疑っている者たちの目を逸《そ》らそう。かように考えた節もある。ともあれ、ここまで突っこんではなすのは、矢背どのをご信頼申しあげておるからじゃ」

多治見兄弟をおおやけに裁けぬ事情があるのだと、小倉は嘆いてみせる。

蔵人介は鋭く指摘した。

「斉朝公のことでござりましょうか」

「そのとおりじゃ。多治見刑部は斉朝公のご威光で、とんとん拍子の出世を遂げた。あの若さで、つぎの宿老に推挽《すいばん》される見通しでな。多治見がわれわれと同列になれば、斉朝公のご意見は益々無視できなくなる。ふん、隠居した元藩主が藩政に容喙《ようかい》するとはこのことよ。奸臣を白洲に引っ立てられぬとなれば、打つ手はかぎられてくる」

まさか、それだけはあるまいと察したことを、小倉播磨守は口にした。

「おぬしを呼んだのはほかでもない、是非とも頼みたいことがあってな。多治見刑部を斬ってくれぬか」

「えっ」

「闇討ちじゃ。藩士でないおぬしなら、誰にも気づかれずにやってのけよう。多治見は新陰流の免状持ちでな、よほどの力量がなければ成し遂げることはできぬ。わしはな、おぬしのごとき類《たぐ》い希《まれ》なる剣士があらわれるのを待っておったのじゃ」

小倉は立て板に水のごとく喋りきり、渇いた喉を冷めた酒で潤す。そして、気配もなく後ろに控えた沓掛から、封の切られていない包金《つつみがね》を手渡された。

「二百両ある。事を成し遂げたら、残りの二百両を払おう。どうじゃ、わるいはなしではあるまい」

「このこと、土岐さまはご存じなのですか」

「いいや、知るまい」

一拍間をおき、小倉は胸を反らした。

「勘違い致すでないぞ。すべては藩のためをおもってのことじゃ。御三家筆頭の尾張家を守ることは、徳川宗家を守ることでもある。奸臣とおぼしき輩を討って何がわるい。の、事が済んだら、その足で京へ向かうがよかろう。立つ鳥跡を濁さずじゃ。のは、のははは」

横滑りで御三家筆頭の家老になった老臣は、のどちんこをみせて嗤いつづける。

「お待ちを」

蔵人介が凜然と発するや、嗤いが引っこんだ。

「小倉さまこそ勘違いされておいでです。それがしは一介の剣客ではござりませぬ。上様の毒味をおこなう歴とした幕臣にござります。御三家筆頭のご重臣を謀殺するなどと、さような暴挙に加担するわけにはまいりませぬ」

「なるほど、できぬと申すか」

「このはなし、聞かなかったことにいたしまする」

「ふふ、それで済めば世話はない」

後ろの沓掛が殺気を放った。

卯三郎と串部が呼応し、片膝立ちになる。

「待て待て、われらは敵同士ではない。角突《つのつ》きあえば、敵のおもうつぼじゃ。ぬはは、さあ、呑みなおそう。矢背どの、盃を」

「はっ」

注がれた酒を一気に干し、どうにかこの場はおさまった。

もはや、敵味方の区別もつかぬ。

やたらに美味い地酒を呑みつつ、蔵人介は針の筵に座らされている気分になった。

五

門を出ると、欠けた月が出ている。

帰りは駕籠が用意されていなかった。

「意のままにならぬと知った途端、扱いが雑になりましたな」

串部は太い鬢をそびやかせ、四角い顔に皮肉な笑みを貼りつける。

卯三郎は何やら考え事をしていた。

五木奉行と木曾屋の癒着に関して、みずからの手で調べてみたいのだろう。

「若、お気持ちはわかり申す」

と、串部は先まわりする。

「されど、木曾屋の裏帳簿でも手に入れられぬかぎり、悪事不正の証《あか》しは難しゅうござるぞ」

かりに、木曾御領地に関わる悪事不正が証明されたとしても、蔵人介たちに手を下す権限はない。

尾張家の家老に依頼されても、峻拒《しゅんきょ》するしかなかった。

鬼役に密命を与える人物は、橘右近以外にいない。

そもそも、素姓もよく知らぬ相手に闇討ちを依頼する安易さが危ういのだ。

「田安家から来たあの家老、腹にいちもつあるのかもしれませぬぞ」

串部のことばに、卯三郎が反応する。

「どういうことです」

「事を成し遂げたあと、われわれを消しにかかるやもしれぬ」

「まさか」

過去にも同じようなことはあった。

「すべてなかったことにするには、関わった者をひとり残らず消すのが手っ取り早い。少なくとも、われわれを生かしておけば、橘さまには筒抜けになりますからな」

橋は職禄四千石の幕府重臣であり、将軍の側近でもある。たとい、田安家から横滑りを余儀なくされた家老でも、藩内のごたごたを知られたくないと考えるのはあたりまえのことだ。

夜も更《ふ》けたせいか、往来を行き交う人影はまばらだった。

行く手には材木問屋の軒がつづき、屋根看板を見上げれば『木曾屋』とある。主人の利右衛門《りえもん》はどうせ、何処かで茶屋遊びに興じていることだろう。

ひとつさきの辻から、怪しげな人影が飛びだしてきた。

「殿、尋常ならざる殺気にござります」

「ああ、わかっておる」

振りむけば、ひとつ後ろの辻からも、人影がばらばら躍りだしてくる。

蔵人介たちを狙っているのは確かだ。

足を止めると、賊どもが前後から間合いを狭めてきた。

「へへ、宮宿じゃ世話になったな」

前から迫った人影のひとつが喋った。

鯔背《いなせ》な髷に伝法《でんぽう》肌、ねずこの武平とかいう地廻りにほかならない。

「忘れたとは言わせねえ。おめえらに臑の骨を折られた横井金吾さまはな、五木奉行であらせられる多治見刑部さまの甥っ子なんだ。黙ってすっこんでいるとおもったら、おおまちがいだからな」

「ちっ」

串部は舌打ちをする。

「誰かとおもえば、あのときの破落戸《ごろつき》どもか。まだ懲《こ》りぬとみえる」

馬籠軍内とかいう用心棒もおり、腰の刀をずらりと抜きはなった。

それを合図に、同じような食いつめ浪人どもが一斉に抜刀する。

「それ、殺《や》っちまえ」

浪人だけでも十人は下らず、破落戸どもを合わせれば二十人を超えていた。

それでも、串部は怯まない。

「ぬおっ」

吼えあげるや、双刃の同田貫を抜き、やにわに、ひとり目の臑を刈ってみせた。

——ぶしゅっ。

鮮血がほとばしり、断末魔の叫びが響く。

さらに、ふたり目の臑を飛ばした。

「ぎぇえええ」

絶叫したのは、用心棒の馬籠にほかならない。
「二度目はこうなる。後悔先に立たずってことさ」
串部は獲物どもを追いかけ、脇道の暗がりに消えていった。
一方、卯三郎も抜刀し、華麗な太刀捌《さば》きをみせつけている。
ただし、刃を使うことはできず、相手の急所を峰で打った。
こちらも乱戦に紛れ、辻の向こうへ走りさってしまう。
蔵人介はひとり残され、じっと耳を澄ましていた。
いる。
もうひとり、厄介な敵がひそんでいる。
空の月は流れる群雲《むらくも》に隠され、暗闇からほっそりした人影が抜けだしてきた。
「ん」
面をかぶっている。
近づいてくると、小倉屋敷で目にした「貴徳」の舞楽面であることがわかった。
「あのときの舞い手か」
返事はない。
腰の太刀を抜き、低い姿勢で肉薄する。

跫音《あしおと》も起てず、雲にでも乗っているかのようだ。
反りの深い細身の太刀が、つんと鼻先に伸びてくる。
「うっ」
避けきれず、不覚にも鬢を裂かれた。
蔵人介は反転しつつ、腰の刀を抜きはなつ。
秋元家の当主から下賜された「鳴狐」であった。
——きゅいいん。
互の目丁字の刃文が閃《ひらめ》く。
火花が散り、相手はふわりと飛び退いた。
いつのまにか、五間近くは離れている。
並みの体術ではない。
「おぬし、何者だ」
蔵人介は、頬に流れる血を舐めた。
「ぬふふ」
貴徳面の刺客はふくみ笑いをするだけで、ことばを発しない。
さらに斬りかかってこようとしたところへ、串部の声が響いた。

「殿、だいじござりませぬか」

一瞬、貴徳面が振りむいた。

隙を逃さず、蔵人介が間合いを詰める。

「ふん」

下段から薙《な》ぎあげた一刀が、相手の胸を浅く裂いた。

「くっ」

刺客は飛び退き、踵《きびす》を返すや、闇の向こうへ消えてしまう。

入れ替わりに、串部が戻ってきた。

「ふう、雑魚《ざこ》どもめ。あっ、殿、お顔に血が」

「浅傷《あさで》だ。不覚を取った」

「殿に傷をつけるとは、とんでもない手練にござりますな。もしや、ほかの連中はわれわれを引きはなす囮《おとり》であったのかも」

おそらく、そうであろう。

蔵人介と一対一の勝負を挑み、確実に葬りたかったにちがいない。

反対側の辻から、卯三郎も戻ってきた。

誰かの襟首を後ろから摑み、引きずってくる。

「ねずこの武平とかいう地廻りでござる」

串部は駆けより、引きずるのを手伝った。

武平は気を失っており、卯三郎が背後にまわって活を入れる。

「ぐふっ」

目を覚ました。

三人に覗かれているのを知り、絞められた鶏のように叫ぶ。

串部が掌で口をふさいだ。

「武平とやら、一度しか聞かぬ。誰に雇われた」

「……き、木曾屋の旦那だ」

どうやら、泊まっている旅籠を見張られていたらしい。

こちらの動きは逐一、把握されていたのだ。

串部は、にやりと笑う。

「どうして、木曾屋がわれらの命を狙う」

「おめえらが嗅ぎまわっているからさ」

「何を嗅ぎまわっているって」

「横流しだよ。木曾屋は五木奉行とつるんで、最上級の檜を大坂湊《みなと》から江戸へ横流してやがるんだ。木曾の御領地に隠し林を持っていてな。あんたら、そいつを調べている公儀の隠密なんだろう」

ぺらぺら喋る小悪党を白洲に突きだせば、それなりの成果は得られるかもしれない。

蔵人介は屈み、武平の顔を睨みつける。

「舞楽面の刺客は何者だ」

「はあ」

武平は首を横に振った。

「そんなやつのことは知らねえよ」

真実《まこと》のようだ。

そうなると、貴徳面の刺客は武平たちに便乗したことになる。

残された謎を解きあかすのをあきらめ、蔵人介たちは小悪党を引き渡すべく、成瀬屋敷のある城のほうへ戻りはじめた。

六

翌、十三日は後の月《のちのつき》、志乃や幸恵たちも江戸で同じ月を眺めていることだろう。
蔵人介は旅籠の二階部屋にひとり端座し、鳴狐に打ち粉を振っている。
斬れ味は予想を超えた。
拭った血曇りは、あきらかに刺客のものだ。
手加減する余裕はなかった。
一刀で胸を裂いたつもりであったが、浅傷を与えただけで逃げられた。
「あれだけの手練は久方ぶりかもしれぬ」
しかも、相手は暗闇のなか、視野の狭い舞楽面を外さずに闘ったのだ。
鳴狐を鞘に納め、漬け物の盛られた平皿を引きよせる。
指で漬け物の欠片を摘み、かりっと齧った。
長良川《ながらがわ》の細根《ほそね》大根だ。
ことのほか口に合ったので、旅籠の下女に頼んで運ばせた。
昨夜、成瀬屋敷を訪ねてみると、家老の土岐久通は犬山城へ向かって留守だった。

仕方ないので用人頭に事情をはなし、書付とともに小悪党の武平を預かってもらうことにした。用人頭はあからさまに嫌がったが、三日だけなら蔵に幽閉してやってもよいという。ともあれ、悪事不正に関わる者たちの処分について、犬山城の土岐に急いで伺いを立ててほしいと訴えたが、丸一日経っても音沙汰はない。

卯三郎と串部を使者に立て、ついさきほど成瀬屋敷へ向かわせたのだ。

旅籠は若宮八幡宮に近いので、日が暮れても往来に跫音《あしおと》が消えることはない。

熱燗《あつかん》も嗜《たしな》みつつ、うっかりまどろんでいると、通行人とは別の騒々しい跫音が聞こえてきた。

「お宿改めにござります」

番頭の声が二階まで響いてくる。

つづいて、役人の太い声がした。

「横目付、登坂四郎兵衛である。公儀隠密矢背蔵人介、潔《いさぎよ》く縛《ばく》につくがよい」

理由はわからぬ。ただ、大声で公儀隠密と言いきっている以上、尾張藩に害をもたらす者として罰せられる公算は大きい。

考えるよりも、からだのほうがさきに動いた。

窓から軒に逃げ、大屋根によじ登る。

下を覗くと、表口のほうに捕り方が大勢集まっていた。

裏手の露地までは手がまわっていない。

蔵人介は裏の軒へまわり、樋を伝って地面に下りた。

行く先に迷っていると、すぐそばの戸陰から白い腕が突きだされる。

「うぬっ」

身構えると、若い娘が顔を出した。

「旦那、こちらへ」

みおぼえのある顔だ。

「おぬし、小菊か」

宮宿で武平たちから救った足抜け女郎にまちがいない。

たしか、宮宿の『布袋屋』で下女に雇ってもらったはずだ。

「旦那、早く早く」

躊躇している暇はないので、とりあえず小菊の指示にしたがった。

板戸の内へ潜りこむや、裏手の道に捕り方どもが殺到してくる。

「ふう」

溜息を吐くと、袖を引かれた。

細長い土間を通りぬけ、反対の口から外へ出る。

あとはひたすら、露地裏をいくつも左右に折れながら駆けつづけた。

一刻《いっとき》近くは駆けたであろうか。

立ちどまって左手を遠望すると、名古屋城の天守が聳《そび》え、金鯱を舐めるように月が掛かっている。

「ここまで来れば、もう大丈夫にございます」

「ふむ、かたじけない。おぬしのおかげだ」

「そんな目でみつめないでください。恥ずかしゅうございます」

背を向けた小菊につづくと、墓場がみえてきた。

「ここは建中寺《けんちゅうじ》の寺領にございます」

「ん、建中寺と申せば、尾張家の菩提寺《ぼだいじ》ではないか」

「はい、お殿さまが葬られております」

いつのまにか、寺領に踏みこんでいただけでも驚きだが、導かれていったさきには崩れかけた阿弥陀《あみだ》堂があった。

「ついせんだっての野分で、あんなふうになりました。爾来《じらい》、山狗《やまいぬ》も寄りつきませぬ。ひと晩だけなら隠れることもできましょう」

観音扉を開けて身を差しいれ、軋む床を踏みしめる。

娘は燧石《ひうちいし》をかちかちやり、手燭《てしょく》に火を灯した。

突如、大きな阿弥陀像が浮かびあがる。

ぎょっとして固まると、丸莫蓙《まるござ》をすすめられた。

「どうぞ、お座りください」

座ったところへ、隙間風が吹きよせてくる。

何故、このようなところへ連れてこられたのか、疑念は次第に深まっていった。

宮宿にいるはずの娘が名古屋城下に来ており、蔵人介の危機を察して救ってくれたのだ。偶然にしては、できすぎたはなしではないか。

「どうか、お気になさらず」

娘は手妻《てづま》のように徳利を出し、ぐい呑みに酒を注ぎはじめる。

「宿場で危ういところを助けていただきました。せめてもの恩返しにござります。こうしてお目に掛かることができたのも、神仏の思し召しかと」

香《こう》が焚かれているようだ。

唐突に眠気が襲ってくる。

「旦那、わたしのことをおぼえておいでですか」

娘の目つきが艶めかしいものに変わった。

膝を崩し、しなだれかかってこようとする。

すっと身を離した途端、金木犀《きんもくせい》の香りが鼻を掠めた。

「ねえ、旦那。どうしてお逃げになるの。抱いてくださいな。それとも、女郎がお嫌いなの」

白い指が伸び、頰に触れると同時に、蔵人介の目は床の隅に貼りついた。

舞楽面が転がっている。

「貴徳か」

咄嗟《とっさ》に、娘の腕を摑んだ。

反対の腕には、短刀が握られている。

「やっ」

手首を握ると、刃の先端が眼前に迫った。

凄まじいほどの膂力《りょりょく》だ。

細腕の娘の力ではない。

「ぬおっ」

巴投げの要領で投げとばすと、娘はふわりと跳躍し、天井の隅に貼りついた。

屋根の一部が破れており、わずかに欠けた月が覗いている。

「よくぞ見破ったのう、矢背蔵人介」

「おぬし、何者だ」

「くく、教えてほしいか。犬丸大膳が娘、蜻蛉《かげろう》じゃ」

「何だと」

「百舌鳥が申しておったわ。公方の刺客は、存外に歯ごたえのない男であったとな。そのとおりよ。甲賀五人之者のうち、三人までが殺られたとはおもえぬ」

どうやら、江戸からの動きを知ったうえで、哀れな足抜け女郎を装い、罠を仕掛けていたらしい。

「親父どのは、おぬしを京にはいるまで生かしておけと言うておったが、その価値もなさそうじゃ」

蔵人介は片膝を立てた。

「おぬしら、尾張で何を企んでおる」

「乗っ取りじゃ。斉荘と斉朝、御しやすいほうを残す。五木奉行や材木問屋も、こちらの意のままになるようなら、生かしてやってもよい。もっとも、わしらが手を出さずとも、尾張家には深い亀裂が生じておる。御三家の筆頭がこの体たらくなら、徳川の世も長くはなかろう」

尾張家を乗っ取り、徳川家を分断して弱体化をはかる。

しかし、そのさきにいったい、何があるというのか。

「いみじくも、尾張家初代の義直《よしなお》は遺命で述べておる。政事《まつりごと》は『王命によって催さるるべし』とな」

「王とは京におわす帝《みかど》のことか」

「さよう。洛北の八瀬に根っこのあるおぬしなら、わからぬでもあるまい。されど、おぬしらは裏切り者じゃ。幕府に尻尾を振りおって、公方の毒味役なんぞをやっておる。しかも、われらの遠大な野望を阻むべく、隠密働きまでやりおって。おぬしを血祭りにあげたら、志乃とか抜かす江戸の婆も葬るつもりじゃ」

蜻蛉は懐中に手を入れ、黒い火薬玉を取りだした。

「死ね」

避ける猶予もない。

つぎの瞬間、火薬玉が大音響とともに炸裂《さくれつ》する。

阿弥陀堂の屋根が吹き飛び、壁は粉微塵になった。

「ふほほほ」

娘の朗らかな笑い声が、墓地の向こうに遠ざかっていく。

瓦礫《がれき》となった阿弥陀堂からは、弱々しく炎があがっていた。

蔵人介の生死は判然としない。

焼けのこった廊下に、阿弥陀像の頭がごろんと転がってきた。

七

目覚めてみると、武家屋敷の離室《はなれ》で眠っていた。

「あっ、お気づきになりました」

嬉々として叫んだのは、卯三郎である。

廊下の向こうから、串部がどたばたやってきた。

「殿、ご無事でしたか」

涙ぐむ従者のことを、蔵人介は不思議な顔でみつめる。

褥《しとね》のうえに起きあがろうとするや、ずきっと頭が痛んだ。

「ご無理をなされますな」

咎《とが》められても身を起こし、手足を少しずつ動かしてみる。

「うつ」

肋骨に激痛が走り、肩や脇腹にも痛みがあった。

「骨にひびがはいっております。左肩と脇腹の裂傷はさほど深くありませぬ。案じておったのは頭の傷ですが、拝見したところ心配はなさそうだ。念のために聞いておきましょう。拙者の名を仰ってくだされ」

蔵人介はしばらく考え、ぽつりと漏らす。

「蟹」

「えっ」

串部と卯三郎が顔を見合わせ、心配そうに目を向ける。

「ぷっ」

と、蔵人介は吹きだした。

その途端、痛みに貫かれる。

串部が泣き笑いの顔になった。

「殿もおひとがわるい。頭をやられたのかとおもいましたぞ」

「平気のようだ。目もみえるし、耳も聞こえる」

「されば、こちらは」

卯三郎が平皿を畳に滑らせた。

長良川の細根大根が載っている。

ひとつ摘み、かりっと齧った。

「美味い」

「されば、味覚も大丈夫かと」

「串部、わしはどうやって助かったのだ」

「建中寺のご住職が仰るには、阿弥陀仏像の下敷きになっておられたとか。おそらく、火薬玉が炸裂する寸前、仏像の陰へお隠れになったのでしょう」

「仏像のおかげで難を逃れたのか」

「信心のたまものにござります。南無阿弥陀仏《なんまんだぶ》、南無阿弥陀仏……」

「莫迦者、まだほとけにはなっておらぬぞ」

「これは御無礼を」

頭を掻きつつ、串部はつづける。

「運がよいと申せば、成瀬さまのご家臣がたまさか建中寺を訪れておりました。そのおかげで、成瀬屋敷からの帰路をたどっていたわれわれに急報がはいったというわけでござる」

「宿改めのことは」

「存じております。それで、旅籠に戻っては危なかろうと、成瀬さまの御屋敷へ駆けこんだのでござります」

それが、今から一日半前のことだという。

爆破から二日目の夕方を迎えていると知り、蔵人介は少なからず衝撃を受けた。

「土岐さまは今朝ほど、犬山城から戻ってまいりました。殿のおすがたをご覧になり、お心を痛めておいでで」

今は城へおもむき、重臣たちを集めて評定《ひょうじょう》を開いているという。

串部によれば、木曾御領地に関わる悪事不正の仕置きらしかった。

「身柄を渡したねずこの武平が責め苦を受け、五木奉行と木曾屋の悪事を喋りました。武平の証言を重視した土岐さまが、五木奉行の多治見刑部と木曾屋利右衛門を直に吟味することになるやもしれませぬ」

証拠はなくとも、直に吟味となれば言い逃れは難しかろう。

五木奉行と檜目付には切腹、木曾屋と地廻りの武平には打ち首、不正に関わった小役人や地廻りの手下たちにも遠島などの厳しい沙汰が下る見込みだった。

「多治見刑部は御用材の横流しに関わったばかりか、木曾御領地を蔵入地にする旨《むね》を水野さまに進言した罪にも問われるようでございます」

「土岐さまが、そう仰ったのか」

「はい。武平を捕まえてくれたおかげで、由々しき一件は落着するにちがいない。殿にはくれぐれもよしなにと仰せでした」

「横目付の登坂四郎兵衛が捕り方を率いてあらわれた件はどうなる」

「誤解を解いていただけるそうです。五木奉行の不正が暴かれれば、殿が藩に害をもたらす隠密でないことはあきらかになり、縄を打つ理由はなくなります」

串部は乾いた唇を舐め、逆しまに問いを発した。

「殿を襲ったのは、貴徳面の刺客にございましょうか」

「さよう、おなごであったわ」

「えっ」

「おぬしらも、よう知っておる。目元の泣きぼくろを、おぼえておろう。宮宿で助けた足抜け女郎の小菊よ」

「まさか、あの娘が」

「最初から罠を仕掛ける意図で近づいたのだ。しかも、驚くなかれあの者、犬丸大膳の娘であったわ」

串部も卯三郎も、驚きすぎてことばを失う。

「われわれが江戸を発ったことも、当然のごとく把握しておった。京へ達するまでは生かしておけと、父親に命じられたそうだ」

「ふうむ」

串部は爪を齧り、仕舞いには剝ぎとってしまった。

「犬丸大膳め、許してはおかぬ」

居竦みの術を掛けられた口惜しさを、おもいだしているのだろう。

「あやつめ、いったい、誰に飼われておるのでしょうな」

「京へ行かねばわかるまいさ」

犬丸の狙いも、黒幕とおぼしき人物の遠大な野望とやらも、尾張で燻《くすぶ》っていては明らかになるまい。

「土岐さまは殿の手柄をお褒めになり、逐一《ちくいち》、斉荘公に上申なさるそうです。傷が癒えるまでは屋敷にて逗留し、名古屋を発つときは斉荘公にお目通りできる段取りを整えておくとのこと。せっかくのお心遣いを、蔑《ないがし》ろにするわけにもまいりませぬ」

「串部よ、湯治に来たのではないぞ」

「はあ」

「あとひと晩だけ休ませてもらい、明朝には城へ暇乞《いとまご》いにまいろう」

蔵人介のことばに、卯三郎と串部は不安げにうなずく。

土岐久通は満足げだったらしいが、藩内のごたごたは何ひとつ解決されていないように感じられてならなかった。

八

翌日、土岐に暇乞いを告げると、斉荘公への目見得が叶《かな》いそうなので二ノ丸を訪ねるようにと命じられた。

訪ねろと言われても、戸惑ってしまう。

二ノ丸の敷地は本丸の三倍もあり、御殿の数も多い。

御前試合で一度登城してはいるものの、三ノ丸から西鉄門《にしくろがねもん》、黒門《くろもん》と抜けて二ノ丸内へ踏みこんだあとは迷路を歩いているように感じられた。

案内役は若い小姓である。

土岐から承っていると告げたきり、余計なことは喋らず、にこりともしない。

白洲を抜けて玄関にはいり、先日は左手の広間へ向かった。

今日は右手へ向かい、長い廊下を何度か曲がる。

「まるで、江戸の番町《ばんちょう》におるようですな」

軽口を叩いた串部と卯三郎は途中の控え部屋で留めおかれ、蔵人介は奥御殿の北端を通って離室へ連れていかれた。

北向きの広縁越しに、広い庭がみえる。

御前試合のときは目にできなかった光景だ。

正面に池があり、左手には緑がこんもりと繁っていた。

池畔には紅葉が多いようにみえるが、色づくにはまだ早い。

池の東北角にみえる庵は「霜傑亭《そうけってい》」と呼ぶ茶亭であろうか。

茶亭の奥には、桟瓦と白壁のめだつ東北隅櫓が聳えていた。櫓から本丸へとつづく北側の壁は、柱を用いずに土をつきかためただけの南蛮練塀《なんばんねりべい》と聞いている。練塀の向こうは深い濠で、大きな鯉が泳いでいるらしかった。

緑の繁ったあたりには大小の庭があり、北庭には築山や亀島の配された深い池が掘られ、藩士たちが「寝覚《ねざめ》のお庭」と呼ぶ南庭は枯山水《かれさんすい》を回遊しながら堪能できるという。

いずれにしろ、とんでもなく広い。

土岐が自慢しただけのことはある。

一方、二ノ丸の庭と同じ広さの本丸については、さまざまな工夫がほどこされているようだと、城好きの串部が絵図面をひろげながら説いてくれた。

おかげで、天守の手前には二層の小天守があり、小天守を経由しないと大天守へたどりつけぬこともわかったし、大小の天守同士を結ぶ橋台《きょうだい》の西側には軒先に槍《やり》の穂先を並べた「剣塀」と呼ぶ忍返《しのびがえ》しがついているとか、鉄板張の扉の上には石落の仕掛けがあるとか、あまり役に立ちそうにないこともおぼえた。

蔵人介はやることもないので、半刻余り、あれこれ城のことを頭に描きながら待ちつづけた。

じっと座っていると、傷口が疼《うず》いてくる。

それにしても、なかなか声が掛からない。

冷めた茶も底をつき、淹《い》れかえてくれる者とてあらわれず、忘れられてしまったのではないかと不安になってきた。

目見得が難しいのであれば、放っておいてもらえばよいのだ。

最初から期待などしていないし、褒美や土産を貰う気もない。

「困ったな」

溜息を吐いたところへ、何やら妙な空気が漂ってきた。

挨拶もなしに襖障子が開き、物々しい装束の連中が躍りこんでくる。

「矢背蔵人介、神妙にいたせ」

怒鳴りつけたのは、臼のような体軀の登坂四郎兵衛だ。

顔に鉄の頰当てをつけ、脇には管槍《くだやり》をたばさんでいる。

蔵人介は身じろぎもせず、端座したまま睨みつけた。

「いったい、何事でござろうか」

「ご家老の小倉播磨守さまより、おぬしをこの部屋から一歩も出すなと命じられたのじゃ」

「何故だ。理由をしかと伺いたい」

「斉荘公暗殺の疑いあり」

厳しい口調で言われても、蔵人介は動じない。

「何を莫迦な。成瀬家ご家老の土岐さまにお取次ぎ願おう」

「それはできぬ。小倉さまの命が優先する」

蔵人介は小首をかしげた。

「妙ではないか。小倉さまは、斉荘公にしたがって田安家からみえられたお方でござろう。いわば、貴殿のお仕えする斉朝公とは敵対する間柄ではござらぬか」

「尾張家は一枚岩じゃ。無礼なことを申すでない」

「登坂どの、ここは本音でまいらぬか」

「何を抜かす」

激昂《げっこう》する猪《いのしし》武者《むしゃ》の目をじっとみる。

「一合交えた仲ではござらぬか。剣の道を究めた者同士なら、気心《きごころ》も通じあえるはず」

「おぬし、何が言いたい」

「策謀の臭いを感じる」

「何だと」

「真の敵はそれがしにあらず、別におりますぞ。そして、敵の狙いは斉荘公、あるいは斉朝公、いずれかのお命かもしれませぬ」

「恐れ多いことを抜かすな」

と言いつつも、登坂は声を震わせる。

何か、おもいあたる節でもあるのか。

蔵人介は、かまわずにつづけた。

「三日前の夜、登坂さまは宿改めに来られましたな」

「ああ、行った。おぬしには、まんまと逃げられたがな」

「そのとき、それがしはとある娘の導きで建中寺へ逃れました。されど、逃れたのではなく、それは敵の罠でござった。娘は蜻蛉と名乗りました。甲賀五人之者という由々しき輩を率いる犬丸大膳の娘にござる。その蜻蛉がはっきりと申しました。尾張家の乗っとりをはかるべく、名古屋城下で暗躍しているのだと。斉荘公と斉朝公、御しやすいほうを残すとも申しました」

「世迷い言《よまいごと》を抜かすな。さようなはなしを信じるとおもうのか」

「信じていただかねばなりませぬ。ひょっとしたら、城内で変事が起こるやも。それゆえにでござる。今、斉朝公はどちらへ」

「西ノ丸じゃ。防《ふせぎ》は万全ゆえ、刺客など恐れるに足らぬ」

「されば、ただちにそれがしを解きはなち、斉荘公の防へまわしていただきたい」

「できるか、囚《とら》われの分際で勝手なことを抜かすな」

と、そこへ、配下が飛びこんできた。

「登坂さま、注進にございます」

「いかがした」

「五木奉行の多治見刑部さま、殿中にてご乱心、あげくに小姓ふたりを斬りすてましてござります」

「何だと」

登坂は口をへの字に曲げ、こちらに首を捻る。

「変事にござる」

蔵人介は得たりと言いはなち、がばっと立ちあがった。

「おそらく、多治見刑部は傀儡《くぐつ》にすぎませぬぞ。登坂どの、それがしなんぞに関わっておるときではない。藩の行く末を憂う忠臣ならば、潔く決断なされよ」

「ええい、くそっ。従いてまいれ」

登坂は踵を返し、脱兎《だっと》のごとく駆けだした。

たどりついたのは広間へつづく御廊下、中庭の玉砂利は血に染まっている。

「多治見刑部は何処じゃ」

登坂の怒声に応じたのは、深傷《ふかで》を負った小姓のひとりだった。

「……と、殿を追って寝覚のお庭へ」

「何じゃと」

家来どもを引きつれて庭へ飛びだすと、多治見に傷を負わされた小姓たちが呻いている。

「殿は何処、多治見刑部は何処じゃ」

「……う、埋門《うずみもん》にござります」

庭の北西には、上部を土壁で塞《ふさ》いだ埋門があった。

本丸からの逃げ道ゆえに「臆病口」とも呼ばれている。

追われる者と追う者は、どうやら、その「臆病口」を逆方向に通りぬけていったらしい。

蔵人介たちも通りぬけた。

空濠を駆けあがり、搦手《からめて》馬出を突っ切る。

正面の枡形《ますがた》虎口《こぐち》は「一之門」と呼ぶ東門、門を通りぬけたさきは四方を多聞櫓《たもんやぐら》で囲った本丸である。

開けはなたれた門のそばには、門番が血だらけで死んでいた。

「殿は御天守じゃ」

登坂は叫びあげ、必死の形相で走りだす。

走りながらも、追いすがる蔵人介に言いはなった。

「五木奉行の多治見刑部は木曾屋から法外の賄賂《まいない》を得ていた。そのことが露見し、ほどなくして切腹の御沙汰が下されるはずであった。おおかた、御沙汰の中身を知って乱心したのであろう」

多治見のことはどうでもよい。

斉荘の安否だけが案じられた。

九

堅固な多聞櫓に囲まれた本丸には、翳《かざ》しとなる松や杉の並木が必要ない。それゆえ、緑に乏しいものの、天守下にだけは藩祖義直の植えた七竈《ななかまど》が見受けられた。

無残にも枝の一部が折れ、小天守のほうへ血が点々と繋がっている。

それが斉荘の血でないことを祈った。

「殿……」

意外にも、登坂がうなだれる。

他家からの養子であろうと、やはり、藩主への忠義は厚いのだ。

ふたりで先頭を切って走り、石段をのぼって小天守の口御門へ着いた。

門は総鉄板張の鉄門で、上部には石落の細工がほどこされている。

口御門を抜けると、内は真っ暗だった。

手燭を灯しながら進むと、通路は鉤形に折れている。

通路に面する部屋はすべて金蔵で、かつては家康から分与された三十万両ぶんの金と九千貫の銀が納めてあったという。

しばらく進むと、奥御門にたどりついた。

門を抜ければ繋ぎ廊下の橋台、大天守の口御門はすぐそこだ。

「うっ」

血腥《ちなまぐさ》い臭いが漂ってくる。

やはり、乱心した多治見刑部はこの通路を通ったのだ。

「手負いのようじゃ」

登坂が背中を向けたまま言った。

口御門を抜ければ、床は鉛磚《なまりしきがわら》になっている。

石垣をふくめて横八間、縦七間の枡形を通って奥御門を通ると、ひんやりした暗がりが広がっていた。

天守の地下だ。

外側は石垣に囲まれ、灯りがなければ漆黒《しっこく》の闇に包まれる。

廊下に面する部屋は、やはり、金蔵のようだった。

黄金水を溜めた井戸もあり、辰砂《しんしゃ》を貯えた朱蔵や火薬を納めてあった穴蔵も四つほど並んでいる。

奥に急勾配の階段があった。

ここから五層ぶんを、一気に駆けあがるのだ。

「それっ」

槍をたばさんだ登坂を先頭に、一層目の床へ躍りだす。

人影はない。

目を引いたのは、身舎《もや》を支える極太の隅柱だ。

無節の檜で、通常は一尺未満のところ、太さで一尺三寸六分もある。

壁面の隠狭間はひとつ残らず檜の化粧板壁で遮蔽《しゃへい》され、内には一条の光も射しこんでいない。檜を二枚重ねて外側に土壁を塗りこめた壁は総厚で一尺もあり、光を通す余地はなかった。

二層目、三層目と駆けのぼっていく。

やはり、人影はない。

次第に狭まっていくものの、武者走りをふくめた部屋の広さは充分に保たれている。

五層目の最上階でも十二畳の部屋が四つあるので、斉荘が身を隠す余地はあると信じたかった。

四層目への階段に取りかかったとき、上から小姓が転がり落ちてきた。

無残にも、胸を抉《えぐ》られている。

「上におるぞ」

登坂が叫んだ。

蔵人介は迷いもなく、まっさきに階段を駆けあがった。

ひびのはいった肋骨が軋む。

しかし、痛みを感じている余裕はない。

上の床に躍りだすや、管槍の穂先が伸びてくる。

鼻先でどうにか躱し、床を転がりながら脇差を抜いた。

斬れ味の鋭い鬼包丁だ。

——しゃっ。

一閃、毛臑を一本飛ばす。

「ぬがっ」

残った膝をついたのは、なかば物狂いと化した多治見刑部だった。

臑を一本失ってもまだ、穂先を突きだしてくる。

「地獄へ堕ちよ」

蔵人介は起ちあがりざま、多治見の首筋を裂いた。

――ぶしゅっ。

夥《おびただ》しい鮮血が噴きあがり、階段を下まで濡らす。

血で足を滑らせながらも、登坂がのぼってきた。

「矢背どの、やってくれたか」

安堵の顔がすぐさま、不審の色に染まる。

四層目は隠狭間が一部開いており、随所から外の光が射しこんでいた。

斉荘を守るべき小姓たちの屍骸《むくろ》が、階段のそばにいくつも転がっている。

とてもではないが、多治見ひとりでやったとはおもえない。

しかも、屍骸の傷は刺された槍傷ではなく、ほとんどが撫で斬りにされた刀傷のようだった。

「ぬう、矢背どの、別の刺客がおるぞ」

登坂の言うとおりだ。
こたえは、最後の五層目にある。
どうにか従いてきた配下たちは、恐怖で膝を震わせていた。
先駆けとなる者はおらず、登坂自身が行くしかなくなった。
「矢背どの、それがしの骨を拾ってくれぬか」
「承知」
大粒の汗が床に垂れている。
蔵人介は登坂の背後につづいた。
最後の踏み板が軋み、最上層へたどりつく。
待ちぶせする者はいないようだ。
どちらからともなく、安堵の溜息を吐いた。
四つある部屋のうち、すでに、ふたつの部屋の襖が破れている。
各々の部屋には、小姓の屍骸が転がっていた。
三つ目の部屋に踏みこんだとき、武者走りに殺気が迫った。
――どおん。
襖障子を蹴破り、貴徳面をかぶった刺客があらわれる。

「ぬおっ」

登坂は管槍を構え、ずんと突きだした。

相手はひらりと躱し、上段の一撃で穂先のけら首を断つ。

「くっ」

登坂は管槍を捨て、腰の刀に手を掛けた。

が、抜くことはできない。

二ノ太刀で頭蓋を割られたのだ。

「びぇっ」

尾張家屈指の手練と評された大兵《だいひょう》が、どしゃっと大の字に倒れる。

刺客はふくみ笑いをしてみせ、部屋から飛びだしていった。

「逃すか」

蔵人介は追いかける。

廊下の端と端で対峙した。

鉄砲狭間の一部から外の光が射しこみ、刺客の輪郭を浮かびあがらせる。

「おぬし、蜻蛉ではないな」

天秤棒のごとく細長いからだつき、刺客の正体はあきらかだ。

「ふふ、鬼役め。やはり、最後に残ったのはおぬしか。おぬしさえ倒せば、尾張家の当主はこの世から消えよう」

刺客は面を剝ぎとった。

蔵人介は低く身構える。

「小倉家の用人頭、沓掛五郎左衛門だな。多治見刑部の起こした混乱に乗じて、斉荘公のお命を狙ったのか」

「そうじゃ」

「何故、田安家に関わりのあるおぬしが、斉荘公のお命を狙うのだ」

「犬山大膳と取引をした。地下の金蔵をひとつ貰う」

「金か」

「ああ、そうだ。忠義と天秤に掛けてもよいほどの額だと、わが主人も仰せになった」

驚いた。

何と、家老の小倉播磨守が裏切ったのだ。

播磨守子飼いの用人頭はうそぶく。

「徳のない殿さまの末路は哀れなものさ」

「おぬしには、犬山大膳の思惑がわかっておるのか」

「御三家筆頭の尾張家を混乱の坩堝《るつぼ》に陥れ、あわよくば幕府に抗う旗頭《はたがしら》になさしめる。ふん、そんなはなしは夢物語さ。わしにとっては、どうでもよい」

「なるほど、忠節を捨てた野良犬には何を言ってもはじまらぬか」

「遺言があるなら、聞いてやってもよいぞ」

「されば、聞け。色即是空《しきそくぜくう》、空即是色、喝《かつ》っ、地獄で悟りをひらくがよい」

「小癪《こしやく》な」

沓掛は抜刀し、右八相から袈裟懸けの一刀を浴びせてくる。

一瞬遅れて、蔵人介は鳴狐を抜きはなった。

片膝を折敷き、天井に向けて初太刀を突きあげる。

──ひゅん。

香取神道流《かとりしんとうりゆう》の「抜きつけ」にも似ていた。

気づいたときには、折敷いた状態から宙に跳んでいる。

そして、鳴狐の切っ先を相手の喉元に刺しこんでいた。

「ぐひぇ……っ」

刀は根元の棟区《むねまち》まで刺しこまれる。

沓掛は海老反りの恰好でことされた。

蔵人介は表情ひとつ変えず、ずぽっと刀を引きぬく。

樋《ひ》に溜まった血を振って納刀し、屍骸を一顧だにもせずに歩きはじめた。

十

四つ目の部屋の襖を開けた。

傷を負った土岐久通が倒れている。

「土岐さま」

駆けよって抱きおこすと、土岐は薄目を開けた。

「……わ、わしは平気じゃ……と、殿をお守りせよ」

「斉荘公は何処におわす」

「……よ、鎧櫃《よろいびつ》じゃ」

「かしこまりました」

何やら、階段のあたりが騒々しい。

追っ手がようやく、追いついてきたのだろう。

蔵人介は振りむかず、部屋から武者走りへ飛びだした。

なるほど、廊下の隅に鎧櫃らしきものが横たわっている。

素早く身を寄せ、蓋を開けた。

「おっ」

内から驚きの声を発したのは、斉荘そのひとにほかならない。

「殿、ご無事であられますか」

「……あ、ああ」

「ご案じめさるな。刺客は成敗いたしました」

櫃から起きあがった斉荘は、全身にぐっしょり汗を掻いている。

胸に翳した手には、守り刀を握っていた。

「これはな、吉宗公から田安家に下賜された数珠丸恒次《じゅずまるつねつぐ》じゃ」

「数珠丸恒次と申せば、日蓮上人《にちれんしょうにん》の守り刀ではござりませぬか」

「さよう、それがわが手にある。いざとなれば、これで喉を突く所存であった」

「お命をたいせつになされませ。殿には尾張六十一万九千石を統《す》べていただかねばなりませぬ」

櫃から出たところへ、大勢の気配が近づいてきた。

「おう、生きておったか」

一声を発したのは、大殿の斉朝である。

五層ぶんの階段を上ってきたにもかかわらず、息も切らしていない。

かたわらには、どうしたわけか、尾張家家老の小倉播磨守をしたがえていた。

「わしと長らく敵対しておったこの播磨がな、田安家の者たちを引きつれて、これよりは尾張家をひとつに守りたててくれるそうじゃ。乱心した多治見刑部のおかげで、私欲に走る膿《うみ》どもも一掃できようし、雨降って地固まるとはこのことかもしれぬ。のう、斉荘よ、刺客に命を狙われて、さぞかし胆が縮まったことであろう。無理をせずともよいのだぞ。早々に隠居し、のちのことはこのわしに任せよ」

弱々しくみえた斉荘が、毅然と面を振りあげた。

「義父上、仰る意味がわかりませぬ。そこに控える小倉播磨守は、忠義を捨てた奸臣にござります」

「何を申すか。播磨はおぬしが幼少のみぎりから、田安家で傅役《もりやく》に就いておった忠臣であろう」

「晩節《ばんせつ》を穢《けが》す者は忠臣にあらず」

斉荘は、ぐっと小倉を睨みつける。

「播磨よ、みずからの罪をみとめ、潔く腹を切るがよい」

「ぬぐっ」

小倉は鬼の形相になり、白い髪を逆立てた。

「斉荘さま、それがしは腹を切りませぬ」

腰の刀を抜き、前屈みに迫ってくる。

「血迷うたか」

主君の窮地を面前にしても、止めようとする者はいない。

蔵人介が楯になろうとするや、斉荘が腕でやんわりと押しとどめた。

「わしがやる」

「えっ」

「藩主みずから奸臣を成敗いたさねば、臣下へのしめしがつくまい」

予想もしない返答に、斉朝も口をあんぐり開けた。

小倉は擦り足で迫り、五間の間合いを越えてくる。

「こうみえてそれがしも、新陰流《しんかげりゅう》の折紙《おりがみ》を頂戴しており申す」

「承知しておる。播磨よ、遠慮のう掛かってこい」

「されば」

小倉は刀を振りかぶり、刃をやや右脇に寝かせた。
雷刀《らいとう》の構えだ。
斉荘は微動だにしない。
守り刀も抜かず、すっと腰を落とす。
威風堂々とした剣客の物腰であった。
いざとなれば助けるつもりでいたが、運を天に託したくなる。
「ねいっ」
小倉は一片の躊躇《ちゆうちよ》もなく、順勢から袈裟懸けを浴びせてきた。
斉荘は一歩遅れて踏みこみ、初太刀を躱しながら小脇を擦りぬける。
すでに、守り刀を抜いていた。
刃長に差はあっても、体捌きに揺らぎはない。
おもったとおり、斉荘は一流の剣士であった。
数珠丸恒次の刃は、小倉の脇胴を剔《えぐ》ったのだ。
横倒しになった奸臣は、ぴくりとも動かない。
後ろの斉朝と家来たちも、石地蔵のごとく固まっていた。
「お見事にござります」

蔵人介が片膝をつくと、家来たちも平伏した。

斉荘はびゅんと血を振り、数珠丸恒次を鞘に戻す。

「義父上、これにて一件落着にござる」

これが殿さまの威光というものなのか。

斉荘の横顔は鉄砲狭間から射しこむ光に照らされ、燦然《さんぜん》と輝いてみえた。

一方、斉朝はひとことも発せず、目に涙を溜めている。

それが嬉し涙なのか、悔し涙なのか、蔵人介にはわからない。

ただ、若い殿さまが大殿から領主の襷《たすき》を受けとったのは、まちがいのないことであった。

つつっと、蔵人介の袖を引く者がある。

振りむけば、土岐久通が微笑んでいた。

「おぬしには苦労をかけたな。事の一部始終は、わしから橘さまに伝えておこう」

「かたじけのうござります」

「それにしても、とんだ御目見得になったものじゃ」

「はい」

「おぬしさえよければ、今しばらく尾張に留まらぬか」

「それは、どういうことでござりましょう」

「そう遠くないとき、徳川家は時代の激流に呑まれるやもしれぬ。何があろうとも、尾張家は盤石《ばんじやく》な巌《いわお》となって、宗家を守らねばならぬ。おぬしがいてくれれば、何かと心強い」

「ありがたいおことばにござりまするが、それがしには果たさねばならぬことが」

「ふむ、そうであったな」

気づいてみれば、斉荘はみずからの手で天守の鎧戸を開けはなっている。

突如、名古屋城下の町並みが眼下一望のものとなった。

小鳥の鳴き声と女童《めわらべ》たちの手鞠歌が聞こえてくる。

人形浄瑠璃《じようるり》に軽業、物まねに踊りに操り人形、盛り場の賑わいすらも手に届くかのようだ。

鼻を擽《くすぐ》ったのは、金木犀《きんもくせい》の香りであろうか。

——京へ。

蔵人介の心は、すでに洛北へ飛んでいた。

第三章　洛北蠢動《しゅんどう》

一

——闇。

伽藍《がらん》を包む闇の彼方に、かぼそく燈明《とうみょう》が灯っている。

伝教《でんぎょう》大師最澄《さいちょう》が薬師瑠璃光如来《やくしるりこうにょらい》の宝前に掲げて以来、一千有余年の長きにわたって燃えつづけている不滅の法灯にほかならない。

総欅造りの堂内は内陣と中陣と外陣に分かれ、御本尊を安置する内陣は中陣や外陣よりも二間近く低い石敷きの土間となっている。内陣は僧侶が読経《どきょう》する場なので「修行の谷間」とも呼ばれ、天台宗《てんだいしゅう》の仏堂が何処もそうであるように、内陣の御本尊と中陣に座す参詣者の目線とが同じになる造りとなっていた。

闇に浮かんだふたつの人影は内陣の端で座禅を組み、対座して相手の唇を読みながら囁きあっている。

「法灯を絶やさぬこと。これに勝る行《ぎょう》はあるまい」

「呑海《どんかい》どのはご満足か」

「ん」

「今の世に不満はないかと聞いておる」

「満足か否かが、それほど大事か」

「大事であるがゆえ、聞いておるのでござる。世の中への不満憤懣《ふんまん》、身を捩《よじ》るほどの怒り、恨み辛み、そうした感情が激流となり、徳川の土台を突きくずす」

「徳川か。ふん、うたかたの繁栄じゃ。法灯の営みからすれば短きものよ。徳川の世は今や風前の灯火、消えたところで驚きもせぬ」

「たしかに。この根本中堂《こんぽんちゅうどう》に身を置くと、あらゆるものがうたかたの出来事におもわれてまいります」

「宇宙に双日《そうじつ》無く乾坤只一人《けんこんただいちにん》。禅の境涯じゃ。修行の谷間でまことの自分に問いかければ、丹田《たんでん》から沸々《ふつふつ》と力が湧いてこよう。されど、皮肉なものよ。この根本中堂は何度となく焼失してきた。今の建物は徳川の手になるものじゃ」

織田信長の焼き討ちののち、慈眼《じげん》大師天海《てんかい》の進言により三代将軍家光《いえみつ》が八年の歳月をかけて再建したものだ。極彩色の草花に彩られた中陣の天井は家光自慢の細密画であったし、天井を支える七十六本の太い柱はすべて諸大名から寄進された「大名柱」にほかならない。

「呑海どの、それはそうと、あのお方が急《せ》いておられる」

「急いては事をし損じる。神輿《みこし》が勝手に動きだしては困るぞ。さては、尾張での不首尾が効いたかの」

「正直、斉荘が大将の器《うつわ》とはおもいませなんだ」

「くふっ、それすらも見抜けぬとはな。おぬしの眼力もたいしたことがない。されど、尾張の騒動など、拙僧に言わせれば取るに足らぬこと。もはや、動きだした龍を止める手だてはなく、日の本ひとつ呑みこむほどの大津波に抗う術《すべ》はない」

袈裟衣を纏った高僧に対峙する影は薄目をひらく。

「徳川は倒れましょうか」

「論ずるにあたわず。問うべきは、神輿に担ぐべきお方の器量じゃ」

「犬丸大膳《いぬまるだいぜん》が眼力をご信じあれ」

「信じたからこそ、火中の栗を拾うことに決めた。あのお方は誰よりも我欲が強い。

世の中を衝き動かすのは人の欲じゃ。あのお方はけれんみもなく『欲に溺れて死なばもろとも』と仰った。あれだけの地位にあるお方が見栄も外聞もお捨てになったら、これほど心強いこともない。されど、ここからが正念場じゃ。はたして、あのお方が天下人になることができるのかどうか」

「呑海どの、それは舵取りひとつに掛かってござろう。天台座主《ざす》として日の本津々浦々の末寺に呼びかけ、仏の力を使って衆生《しゅじょう》の心をひとつにまとめあげる。ひいては、それがあのお方を天下人に押しあげることになる。呑海どのにしかなせぬ業《わざ》にござる」

「申すな。まだ天台座主になったわけではない」

「もはや、なったも同然にござろう」

呑海は溜息を吐いた。

「権威の座に就くことが、拙僧の望みではないぞ。真の天下人を育てあげ、未来永《えい》劫《ごう》、法灯を絶やさぬ。それこそが望みなのじゃ」

「ふふ、坊主は仕舞いまできれいごとを抜かしたがる。我欲を満たすことと法悦《ほうえつ》に浸ることは紙一重ということか」

犬丸大膳の皮肉を無視し、呑海は静かに問うた。

「ところで、軍資金は集まっておるのか」

「ご懸念なきよう。傀儡《かいらい》の商人どもを雄藩に送りこみ、御用達に仕立てあげ、淀みなく上納金を納めさせており申す。唐船からも阿片《あへん》を大量に仕入れたゆえ、大奥あたりに売り捌《さば》けば、軍資金が底をつくことはござらぬ。幕閣の重臣も何人かは取りこみ、柱となる水野越前守にも大名貸しを仕掛けており申す。無論、靡《なび》かぬ輩は命を奪う所存。金の力で抑えつけ、恐怖と混乱をばらまいたすえに、天下人があらわれるという筋書きでござるよ」

「金はいくらあっても足りぬ。鳥辺野《とりべの》に隠されておるという三百万両の埋蔵金、それだけはどうあっても手に入れねばなるまい」

「平家《へいけ》のお宝でござるな」

「埋蔵金の在処《ありか》は、帝より口伝《くでん》にて関白《かんぱく》ならびに五摂家筆頭の近衛家当主にもたらされる。その言い伝えを信じればこそ、あのお方を神輿に担ごうと決めたのじゃ」

「一刻も早う近衛家を退かせ、関白の地位を手に入れねばなりませぬな」

呑海は尖った頭を揺らし、うなずいたようにみえた。

「おぬしが申すとおり、今が潮時かもしれぬ」

「御意にござる。京洛で足許を固めれば、この世の差配は意のままに」

「ふむ、それこそが肝要《かんよう》じゃ。されど」

ほっと、呑海は溜息を吐く。

犬丸大膳が眉をひそめた。

「何か、ご懸念でも」

「おぬしが京へ誘《いざな》った者のことじゃ」

「鬼役、矢背蔵人介」

「さよう」

「どうかなされましたか」

「拙僧の千里眼をもってしても、その者の行く末だけがみえぬ。秋元家や尾張の件でも邪魔だてしたと聞いた。いざというとき、障壁になるやもしれぬ。それゆえ、おぬしに問いたい。何故、京へ誘ったのじゃ」

大膳は、くっと唾を呑む。

「あの者の顔をみた刹那、雷に打たれたようになり申した。もしや、これこそが天の導きではないかとおもうたほどで」

「ほほう、それほどまでに似ておるのか」

「まさに、うりふたつかと」

「おぬしが申すなら、そうなのであろう。『隅田川《すみだがわ》』じゃな」

「えっ」

「今より百三十年余りまえ、天台座主の公弁法親王《こうべんほっしんのう》は八瀬《やせ》の衆を入会地《いりあいち》から排除した。それによって生活の糧《かて》となる薪炭《しんたん》を失った八瀬の者たちは、近衛家を介して幕府へ裁定を申しいれた。これにこたえて公平な裁定を下したのが、ときの老中であった秋元喬知じゃ」

「存じておりまする」

「文献を紐解《ひもと》けば、洛中では同じころに子盗《こと》りが頻発《ひんぱつ》しておった」

「子盗りでござるか」

「公家の男の子が何人も神隠しに遭ったのじゃ。鞍馬山《くらまやま》の天狗《てんぐ》の仕業であろうと恐れられたが、何のことはない、人買いの仕業であった」

能《のう》の『隅田川』は、人買いに攫《さら》われた貴公子と盗まれた子を追って江戸へ向かった母親の悲劇を題材にしている。

「さらに、因果は巡る糸車じゃ。宝永《ほうえい》年間よりおよそ八十年以上ののち、寛政《かんせい》年間となってふたたび、洛中に子盗りが頻発しはじめた。今より五十年ほどまえのはなしじゃ」

「矢背蔵人介も幼きころ、人買いに攫われたと仰せか」

「だとすれば、数奇な運命《さだめ》じゃ。おぬしに出遭ったことも縁としかおもえぬ」

大膳はうなずいた。

「仰せのとおりにござる。やはりあの者、われらの画策する仕掛けにとって、手駒になるやもしれませぬ」

「ふふ、手駒とは言い得て妙。歩《ふ》もひっくり返れば、金になるからのう。ともあれ、仕掛けはおぬしにまかせた。拙僧が動くのは、そのあとじゃ」

「よしなに、お頼み申す」

呑海は眸子《まなこ》を瞑《つむ》り、即身仏のごとく動かない。

ただ、口許だけはわずかに動かしている。

「大膳よ、こうして座禅を組み、半日が過ぎようとしておる。達磨《だるま》禅師のごとく、手足が無《の》うなってきたと感じておるのではないか。まかりまちがっても、それは悟りではないぞ。魔境じゃ。おぬしが乗りこえねばならぬ障壁じゃ」

「乗りこえねばならぬ障壁なぞ、それがしにはござらぬ」

「いいや、慢心《まんしん》が仇となろう。愚《ぐ》がなかの極愚、狂《おう》がなかの極狂。最澄大師も仰せになったとおり、みずからを下の下に置いておくことが肝要じゃ。わしもおぬしも、おのれの闇に踏みこんだ。もはや、引き返すことはできぬ。引き返したいともがけばもがくほど、闇は深まっていくだけじゃ。外面《げめん》黒し。時折、わしは法灯を吹き消したい衝動に駆られる。されど、我欲に駆られて消してしまえば、漆黒の闇が訪れよう。我慢じゃ。夜明けは近い。夜が明ける直前がもっとも闇は暗いとも言うからの」

呑海の口許は笑みを湛えていた。

大膳の影は消え、彼方の燈明が揺れる。

「観自在菩薩《かんじざいぼさつ》、行深般若波羅蜜多時《ぎょうじんはんにゃはらみったじ》、照見五蘊皆空《しょうけんごうんかいくう》、度一切苦厄《どいっさいくやく》、舎利子《しゃりし》、色不異空《しきふいくう》、空不異色《くうふいしき》、色即是空《しきそくぜくう》、空即是色《くうそくぜしき》……」

呑海のすがたも闇に溶け、根本中堂の内陣は荘厳《そうごん》な読経に包まれた。

二

鴨川《かもがわ》は下鴨《しもがも》神社で加茂《かも》川と高野《たかの》川に分かれ、右手の高野川を遡《さかのぼ》っていくと、琵《び》琶湖《わこ》へ通じる敦賀《つるが》街道の山間《やまあい》で急激に瀬を夙《はや》める。このあたりは比叡山四明岳《しめいだけ》の西麓に位置しており、里山は全山紅《くれない》とは言わぬまでも、ほどよく色づいた木々が幾重にも連なり、錦繍《きんしゅう》の薄衣を纏わせたかのようにみえた。

——八瀬。

天武《てんむ》天皇となる大海人皇子《おおあまのおうじ》が壬申《じんしん》の乱で背に矢傷を負ったとき、この山里で湯治をおこなった。ゆえに「矢背」と付けられた地名が長年の歳月を経て「八瀬」に変わったのだという。

その逸話を裏付けるかのように、山里には土を固めて築いた大きな窯風呂《かまぶろ》が七つほどあり、白い湯気を立ちのぼらせている。公家《くげ》たちのあいだでは洛北の湯治場として知られ、縁の深い近衛家の人々などが折に触れて訪れるらしい。

「すばらしいところですね」

卯三郎は京の町に踏みこんだときから、感嘆の溜息ばかり吐いている。

一方、串部は気も漫《そぞ》ろで、夜になったら先斗町《ぽんとちょう》へ繰りだすことばかり考えていた。

「勝手に行くがいい」

冷たく突きはなすのは、東海道の終点となる三条《さんじょう》大橋で出迎えてくれた猿彦だった。

尾張から文を送っておいたものの、正直、来てくれるとはおもわなかった。

八瀬の男たちは白昼堂々洛中を歩かないと、志乃に聞かされていたからだ。丈六尺《たけ》を超える者たちばかりなので、どうしても目立つし、目立つことはできるだけ避けるようにと、幼いころから躾《しつ》けられているとも告げられた。

「志乃さまの申すことは、すべて正しい」

猿彦は縁者でもある志乃を崇敬《すうけい》している。

それゆえ、わざわざ迎えにきてくれたのだ。

菅笠で魁偉《かいい》な顔を隠し、巨体を折るほど曲げて歩いても、擦れちがう町人たちのなかには奇異な目でみる者があった。

「洛中の連中にとって、わしらは外れ者よ。心中では莫迦にしながら、恐れてもいる。近づこうともせぬし、はなしかけてもこぬ。されど、かえって好都合じゃ。厄介事に巻きこまれずに済むからな」

八瀬の民は、けっして外れ者ではない。帝の輿《こし》を担ぐ役目を帯び、近衛家は猿彦たちの運ぶ薪炭を使っている。高貴な方々の世話を仰せつかっているのと交換に、租税を免除されてもいた。

「さあ、お社《やしろ》へ参ろうぞ」

四人は村外れにある天満宮へ向かった。

大鳥居を潜りぬけ、畦道《あぜみち》のような長い参道をたどる。

背競《せくら》べ石の脇石には「六尺三寸二分」と刻まれていた。

猿彦の背丈は、大石よりもさらに大きい。

右腕の肘《ひじ》からさきを失ったのは、今から三年半前、江戸でのことだ。

志乃が悪党の策に嵌《は》まって窮地に陥ったとき、右腕と引換に命を救った。

が、猿彦はまったく苦にしていない。命をくれてやってもよかったとすらおもっているようだった。

「仲間のためなら命も惜しまぬ。八瀬の者たちにすれば、あたりまえのことじゃ」

と、救ってもらった志乃も言っていた。

それほどまでに村人たちの結束は固い。

四人は縦になり、苔生《こけむ》した石段をのぼった。

菅原道真《すがわらのみちざね》を祀《まつ》る産土神《うぶすながみ》なので、菅公《かんこう》が休んだ腰掛石もある。

境内はさほど広くもない。

鬱蒼《うっそう》たる杉林に囲まれ、紅葉は見事に色づいている。

蔵人介は正面の拝殿へ進み、両手を合わせた。

不可思議な感覚だ。

志乃から何度も聞かされた鎮守《ちんじゅ》の宮に立っている。

それだけでも、夢のような出来事にちがいなかった。

葉擦れの音に耳を擽《くすぐ》られ、ひんやりとした涼風に頰を晒せば、大地の力を注がれた心地になる。

振りむけば、里山の風景が一望できた。

おそらく、この地には活力の源があるのだろう。

みずから足を運び、境内に身を置いた者にしかわかるまい。

卯三郎も串部も胸腔《きょうこう》いっぱいに清浄な空気を吸い、神の存在を身近に感じているようだった。

「こちらへ。秋元さまのご先祖にも上洛のご報告を」

拝殿に向かって右手に築かれた小さな祠《ほこら》が、どうやら、秋元但馬守喬知を祀る秋元神社らしい。

六代将軍家宣の治世下、比叡山延暦寺と薪炭となる木々の伐採権をめぐって争ったとき、老中の秋元但馬守は八瀬衆の側に立って尽力し、係争を勝訴に導いた。八瀬衆は但馬守の恩に報いるべく天満宮の内に神社をつくり、毎年神無月《かんなづき》十一日に赦《しゃ》免地《めんち》踊りと称する祭りをおこなって盛大に祝う。

「秋元家のお殿さまから預かってまいったものだ」

蔵人介は懐中から燈明を取りだし、炎を灯して手向《たむ》けた。

一陣の風が裾を攫《さら》い、杉林のほうへ吹きぬけていく。

「祖霊が礼をしにみえられたようじゃ」

と、猿彦が笑う。

「聞いたぞ。江戸で何やら、奥高家と揉め事を起こしたとか」

「いったい、誰に聞いたのだ」

「気にいたすな。地獄耳なのさ。得体の知れぬ敵の目途は、秋元家を改易に追いこむことであったとか。まんがいち、改易にでもなっておったら、八瀬の里もどうなっていたかわからぬ」

なるほど、一理ある。改易となった大名を神として崇めたてまつるのは不届き、それだけの理由で里ひとつ潰されかねなかった。

もしかしたら、それこそが犬丸大膳の狙いだったのかもしれぬ。

おもいついた考えを否定するかのように、蔵人介は首を振った。

だいいち、八瀬の里を潰さねばならぬ理由がわからない。

「さあ、腹も空いたであろう」

猿彦の声でわれに返った。

「わが家へまいろうぞ」

いつのまにか日も暮れかかり、里山は蒼い輪郭を濃くしている。

藁《わら》葺きの家々からは、炊煙が幾筋も立ちのぼりはじめていた。

ただし、太い煙は炊煙ではなく、窯風呂の煙だ。

「ふうん、いにしえの帝が傷を癒やしたという窯風呂か」

串部は興味深げにつぶやく。

「はいりたければ、はいるがよい」

猿彦に言われ、眸子を輝かせた。

「えっ、よいのか」

「近衛さまはしばらくおみえにならぬゆえ、はいる客もおらぬ」

それでも、一日も欠かさずに窯風呂を焚く理由は、洛中の客がふいに訪れたときのためだという。

五摂家筆頭の近衛家は幕府開闢《かいびゃく》の遥か以前から、八瀬村の禁裏御料《ごりょう》における諸役を仕切ってきた。村方の交代などがあれば近衛家に届けねばならず、柴や薪は最上のものを只で進呈する。一方、近衛家の人々も八瀬の山里を気軽に訪れ、かならず大きな陶製の窯風呂にはいって疲れを癒やした。

八瀬村と近衛家の結びつきを強固にしたのは、関白太政《だじょう》大臣の近衛基熙《もとひろ》であろう。

宝永年間初頭、八瀬衆と延暦寺が入会地である裏山の伐採権で揉めていたとき、調停しかねていた幕府にたいして、基熙が白黒つけろとねじこんでくれたのだ。

新将軍となった徳川家宣《いえのぶ》の正妻は基熙の娘熙子《ひろこ》であり、近衛家は朝廷と幕府の橋渡し役を任されていたため、老中の秋元但馬守から延暦寺側へ和解を促す通達書を出させるのは雑作《ぞうさ》もなかった。

「狭い山里に生きる八瀬の人々にとって、延暦寺の結界《けっかい》内で柴や薪を採ることが禁じられるのは死ねと命じられるに等しい」

したがって、和解によって山林伐採の権利は失っても、新たな農耕地と租税および課役の免除を保証されたのはありがたいことだった。

右のような経緯には関心もしめさず、串部は嬉々として着物を脱ぎだす。

「されば遠慮なく。殿、猿彦どのもああ仰っています。ここはひとつ、おことばに甘えましょうぞ」

「あきれたやつだな。家の方々に申し訳なかろう」

「かまわぬさ。旅の疲れもあろう。窯で蒸されれば汗も掻こうし、垢も落とすことができよう。遠慮せず、はいってくるがよい。ぬははは」

猿彦は大笑しながら、狭い露地へ消えていった。

三

三人は窯風呂のそばまでやってきた。

六尺一本になり、入口へ向かう。

「石榴口《ざくろぐち》のように狭うござる。いいや、これはもはや、茶室の躙口《にじりぐち》ですな」

茶室などはいったこともあるまいに、串部の喋りは止まらない。

這うようにして潜ると、窯の内は屈んで歩けるほどの空洞だった。

ただし、乳色の蒸気に包まれ、奥のほうまではみえない。

「猿彦どのには、たしか、二十歳になる男の子がおありでしたね」

喋りかけてきたのは、卯三郎である。

蔵人介は、知っているかぎりのことをこたえた。

「譲《ゆずる》は先妻の子だ。半年前から廻国修行の旅に出ておるらしい」

「そうでしたか」

「二番目の妻とのあいだにも、男の子を授かったと聞いておる」

今は亡き先妻は美晴《みはる》といい、近衛家に仕える侍従の娘だった。

身分のちがいはあったものの、猿彦と相惚れの仲になり、周囲の反対を押しきって夫婦になった。やがて、譲を授かったが、美晴の縁者たちが幼い譲を攫い、人買いのせいにした。人買いが奥州《おうしゅう》へ逃げたと信じた美晴は猿彦に黙って旅立ち、江戸の地で譲が死んだと聞かされて絶望の淵を彷徨《さまよ》ったあげく、菩提を弔うために京へは帰らぬと決め、縁あって西ノ丸の御裏御門番頭をつとめる旗本の後妻となった。

「『隅田川』に似たようなはなしですね」

ちがうのは、死んだとおもっていた譲が京で生きていたということだ。

猿彦も嘘を信じこまされた。美晴は子を盗られて気が触れ、上賀茂の深泥池《みどろがいけ》に身を投げたと聞かされていたのだ。

三人が生き別れになって十数年後、猿彦は真実を知った。怒りに駆られ、子盗りに関わった美晴の縁者たちをことごとく殺め、八方手を尽くしてわが子を捜しまわった。そして、譲が貴船《きふね》神社の神官に預けられていたのを知った。

猿彦は事情を告げて譲を貰いうけ、八瀬の地へ連れてかえった。そして、美晴の消息を捜しだし、譲と邂逅《かいこう》させてやりたいと願ったが、美晴は猿彦の一報を受けて江戸を離れる直前、色狂いの西ノ丸留守居役《るすいやく》に抗って斬殺された。

双手《もろて》を刈られた凄惨な最期に、蔵人介は偶然にも行きあっている。

それで事は終わらず、美晴と親しくしていた志乃が弔い合戦におよび、逆しまに敵の罠に嵌《は》まって窮地に陥った。そこへ、京から下っていた猿彦が加勢し、みずからの右腕と交換に志乃の命を救ったのである。

蔵人介が猿彦と出遭ったのは、そのときがはじめてだった。

当初は美晴を殺めた下手人と誤解され、命を狙われたのだ。

「三年半前の惨劇だ」

今となってみれば、遠いむかしの出来事に感じる。

卯三郎は黙りこみ、三人は窯の奥へと進んだ。

「ひょっ」

串部が素っ頓狂な声をあげる。

「誰かおりますぞ」

恐る恐る近づくと、目を瞑った皺顔の老人が胡座《あぐら》を掻いていた。

「ぬはっ、睾丸が風呂敷並みに大きゅうござる」

串部が戯《ざ》れ口を叩くや、老人はかっと眸子《まなこ》をひらく。

鋭い眼光で睨まれ、三人は身を固めた。

「よう来たな。わしは弥十《やじゅう》、里の長《おさ》じゃ」

「矢背蔵人介にござります」

戸惑いつつも名を告げると、老人は怒ったように吐いた。

「わかっておるわ。志乃は息災か」

「……は、はい」

「こんまいころから、よう知っておる。きかん気の強いおぼこじゃった」

いったい、この老人はいくつなのか。

顔は皺くちゃだが、からだつきはみるからに頑健そうだ。

「この村の主家でありながら、志乃のご先祖は住み慣れた土地から離れねばならなかった。四代前のはなしじゃ。この地で神になった秋元さまのご使者が、村長のもとへ内々に伝えてきたのじゃ」

天台座主の公弁法親王《こうべんほっしんのう》が幕府の調停を受けいれる条件のひとつとして、争いの中心となって闘った主家の排斥を申しでたという。

「志乃のご先祖は泣く泣く条件を呑まされ、村人たちも知らぬまにこの地を去った。

村長を除けば、誰ひとり経緯を知る者はおらなんだ。そののち、主家が幕府の軍門に降《くだ》ったと知らされ、恨みを抱いたほどでな」

弥十という長老は、矢背家の先祖が幕府の役人になった経緯を淡々と語っている。

蔵人介は緊張しながら、一言一句はなしを聞きもらさぬようにと耳をかたむけた。

「時が経ち、わしらの代になって、一部の者は真実を知った。されど、いまだに疑っておる者は大勢いる。何故、誇り高き主家の者が公方ごときの毒味役に甘んじねばならなんだのか。深い策略があってのことだと、勘ぐる者すらおる。いざとなれば、公方を毒殺せしめる魂胆にちがいないとな。志乃のご先祖が鬼役に就いた真の理由は、正直、わしとてわからぬ。敢えて身を危険に晒すべく選んだ役なのかもしれぬ」

蔵人介は身を乗りだす。

「四代前のご先祖のお名を、お聞かせ願えませぬか」

「志乃じゃ。矢背家は代々女系でな、主人はみな志乃という名を継いでおる。わしの知る志乃はめんこいおぼこでな、この里で生まれ、年端もいかぬうちに江戸へ連れていかれた。まことは、主家の次女であった。次女ゆえに、里の縁者に預けられたのじゃ。不幸にも、長女が流行病《はやりやまい》で夭折《ようせつ》してな。それさえなくば、この里で何不自由なく暮らしておったであろうに」

驚いた。志乃に告げられたこともないはなしだ。

ことばを失っていると、弥十が顔を近づけてくる。

「して、おぬしらは何をしにまいったのじゃ」

蔵人介は、はっとしながらも応じた。

「秋元家の改易を企図した者たちがおります。京を根城に暗躍していると知り、追いかけてまいりました」

「ご苦労なことじゃ。せいぜい、気張るがよい。そやつらの罠に嵌まらぬようにな」

それだけを告げ、長老は目を瞑る。

居づらくなり、三人は窯の外へ出た。

すると、十ほどの娘が幼い男の子と手を繋いで立っている。

「わたしは桐《きり》、家までご案内いたします」

丁寧な口調で言われ、蔵人介は微笑んだ。

「猿彦に仰せつかったのか」

「いいえ、真葛《まくず》さまに」

猿彦の二番目の妻だ。大原《おおはら》とのあいだにある静原冠者《しずはらかじゃ》の出で、五年ほどまえに杣《そま》道《みち》で行き倒れになっているところを救い、夫婦になったとだけ聞いている。

「おぬしは、真葛どのの娘か」

「いいえ。わたしは猿彦さまの従弟《いとこ》で、岩丸《いわまる》という者の娘です。真葛さまの子は佐《さ》助《すけ》、この子ひとりにござります」

佐助は口を一文字に結び、きっと睨んでみせる。

「ほう、おもしろい洟垂《はなた》れだな」

からかった串部は、ぽんと臑を蹴られた。

「痛っ、何をする」

逃げる佐助を、串部が猛然と追いかける。

ところが、すばしこすぎて捕まりそうにない。

「佐助は捕まりませぬ。何せ、猿といっしょに育ったから」

しっかり者の桐は、そう言って少し笑った。

「父の岩丸もお迎えにきたいと申しておりましたが、裏山で失《な》くした鉈《なた》を探しにまいりました」

桐の背につづきながら、蔵人介は複雑なおもいに駆られていた。

おもいがけず、矢背家の先祖が郷里から逐《お》われた理由を知らされた。すべての村人に歓迎されているわけでもないようなので、そのことを肝に銘じておかねばなるまいと、あらためて心を引きしめた。

四

翌日。

地下官人《じげかんじん》の官方《かんかた》、宇治原《うじはら》左大史が凄惨なすがたでみつかった。

「これは一大事じゃ」

声をひそめる猿彦とともに、蔵人介は夜の御苑《ぎょえん》に忍びこんでいる。

殺しがあったのは昨夜、禁裏の鬼門に位置するこの猿ヶ辻《さるがつじ》で夜廻りの番士が屍骸をみつけた。

「殺しをみた者はおらぬ。あのお方を除いてな」

猿彦が長い顎をしゃくったさきは、禁裏を囲う築地塀《ついじべい》の角がわざと四角く切りとられた軒下だ。

目を皿のようにしてみれば、金網の向こうに烏帽子をかぶった猿が座っている。

「鬼門を守る猿神じゃ。いたずら者でな、気分次第で何処かに居なくなる。それゆえ、金網で囲ったのよ」

鬼門から東北にまっすぐ線を延ばしたさきには、猿神を奉じる赤山禅院《せきざんぜんいん》があり、さらにまっすぐ線を延ばすと、洛中の鬼門を守る比叡山延暦寺が控えていた。比叡山を守護する日枝《ひえ》神社の使わしめも猿であり、猿彦によれば、京は猿に守られていると言っても過言ではないらしい。

「わしは名のとおり、猿と縁があってな、猿ヶ辻でこのような惨劇が勃《お》こった以上、黙って見過ごすわけにはいかぬ」

何者かに殺められた宇治原は、禁裏に仕えて官位の宣命《せんみょう》に関わる書面などをつくる官方の筆頭だった。

地下官人とは、禁裏をはじめとして、宮家、摂家、清華《せいが》、門跡《もんぜき》などの高位の家に仕える者を含めた朝廷で働く下級の官人をさし、人の異動や官位昇進に関わる役目を負う官方、衣食住に関わる役目を負う外記方《げきかた》、金銭の出納に関わる役目を負う蔵人方《くろうどかた》などから成っているという。

宇治原は公家ではないが、正四位下の官位を有していた。

武家とは対等に比較はできぬものの、武家で同等の官位を授けられているのは、島津《しまづ》家や伊達《だて》家や越前松平《えちぜんまつだいら》家といった錚々《そうそう》たる大名たちにほかならない。

宇治原は官位の免状を出す側なので、武士や町人で官位を望む者たちは何とかして近づきたがる。もちろん、官位と引換に謝礼を渡すのはあたりまえのことだけに、宇治原も例に漏れず、強欲で気位の高い人物だとおもわれていた。

その宇治原が死んだ。

「鉈で頭を割られていたらしい」

「鉈で」

何か引っかかるものがあったが、蔵人介は気づけぬまま、しばらく猿彦の背に従いて御苑のなかを散策してまわった。

砂利敷きの道を避け、端に敷かれた細長い石畳のうえを歩く。

時折、群雲の狭間から眉月《まゆづき》が顔を覗かせると、聳えたつ松や杉の大木が随所に鬱蒼とした杜《もり》を築いているのがわかった。

猿ヶ辻にほど近い今出川《いまでがわ》御門の内には、近衛家の上屋敷がある。

「わしら八瀬の者たちが、ちょくちょく出入りするところさ」

裏山で採った薪を運ぶ特権を得ているので、番人に誰何《すいか》されることはない。が、出入りするのは人目のつかぬ裏口からだという。

屋敷内で猿彦が美晴を見初《みそ》めたのかとおもうと、感慨深いものがあった。

さらに、禁裏の南東にまわると仙洞《せんとう》御所の築地塀がつづき、南端の堺町《さかいまち》御門まで進めば、東西に鷹司《たかつかさ》家と九条《くじょう》家の上屋敷が並んでいる。

勢いがあるのは、当主の政通《まさみち》が文政《ぶんせい》六年から十七年にわたって関白をつとめる鷹司家だが、次期関白の座を虎視眈々《こしたんたん》と狙う九条家も油断がならぬと、猿彦は難しい顔で吐きすてた。

油断がならぬという言いまわしは、近衛家を贔屓《ひいき》する者たちの口ぶりでもある。

「九条尚義《なおよし》さまは、女癖のわるいことで知られておる。にもかかわらず、如才なく立ちまわる術《すべ》に長《た》けておるせいか、関白の鷹司政通公から受けがよい」

猿彦は口のまわりも滑らかに、九条家の当主をこきおろす。

事実、鷹司政通は齢が五十を超えたこともあり、十ほど下の九条尚義に関白の地位を譲るつもりのようだった。

「仁孝《にんこう》天皇がそれでよいとなれば、九条家で決まってしまう。わしとしては、忠煕《ただひろ》さまこそが関白にふさわしいお方とおもうておるのだがな」

近衛家当主の忠煕は見目《みめ》もよく、聡明な当主と内外で評され、仁孝天皇からも気に入られている。だが、九条尚義とは齢が十も離れており、関白を継ぐにはまだ若すぎるという声が大きいようだった。

ともあれ、帝を輩出する五摂家のうちの二家が関白の地位をめぐって静かな闘いをつづけているという構図らしい。

そのあたりを猿彦に説かれても、蔵人介にはまったく興味が湧かなかった。

正直、どうでもよいはなしだ。

何故、高位の公家たちが関白の地位を欲しがるのか、どうにも理解できない。江戸に暮らす幕臣にしてみれば、金も力もない宮中の争いなど、激動渦巻く時代の趨勢《すうせい》から取りのこされた些細な出来事のように感じられてならないのだ。

「それがそうでもないのだ。いざとなれば、誰もが錦の御旗《みはた》を奉じたくなる。それが新たな時を動かす手っ取り早い方法だからさ」

「わからぬな」

新たな時とは何なのか。

猿彦の見据えているのであろうこの国の行く末を、蔵人介は見通すことができない。

「自分は一介の鬼役にすぎぬと、おぬしは言いたいのであろう。それならば、わしは洛北の山里で薪を集める杣人《そまびと》にすぎぬわ。されど、おぬしもわしも密命を担っておる。幕府と禁裏のちがいはあれど、密命を担うべき資質を認められ、世の中をよきほうへ導こうとする方たちの助けになろうとしておる。優れたお方の信を得ることほど、すばらしいことはない。わしは近衛さまの間諜《かんちょう》であることに並々ならぬ誇りを抱いておるのさ。近衛さまのためなら、命も投げだす覚悟でおる。おぬしはどうじゃ。公方のために命を捨てることはできるか」

できる。だが、猿彦のように仕える主人と深い絆で結ばれてはいない。主人のために死ねるのではなく、鬼役という役目に殉じる覚悟があるということだ。

それゆえ、主人が何をどう考えようとも、心を動かされることはない。世の中の大きな流れに興味を抱かぬわけではないが、敢えて意識の外に置いているのも、みずからに与えられた立ち位置を見失わぬようにするためであった。

生き生きと闊達《かったつ》に語る猿彦のことが、蔵人介は羨ましかった。

月は憐れむように、かぼそい光を投げかけてくる。

ふたりは御苑をあとにし、川に沿って山里へ向かった。

八瀬の地に戻ると、何やら村の衆が騒ぎたてている。

家のまえでは、真葛と佐助が待っていた。

卯三郎と串部もおり、真葛に肩を抱かれた桐が目を泣き腫《は》らしている。

「岩丸が連れていかれたぞ」

喋ったのは、長老の弥十であった。

物々しい捕り方装束の連中が夜討ちも同然にあらわれ、岩丸に縄を打って引っぱっていったという。

「猿ヶ辻の殺しに関わった疑いじゃ」

「何だと」

「岩丸の鉈が転がっておったらしい」

宇治原某が鉈で頭を割られたと聞いたとき、頭の隅に引っかかったのはこのことだった。

昨日、岩丸は裏山で失くした鉈を探していた。

そのことを告げた桐は、泣きながら役人たちに刃向かっていったが、刺股《さすまた》で地べたに押さえつけられ、真葛たちが懇願してどうにか助けられたのだという。

「その場で手討ちにされるところじゃった」

猿彦は怒りに顔を染めつつも、冷静になるようにつとめた。

「役人どもは、何処の連中だ。所司代《しょしだい》か、それとも、町奉行所か」

「いずれでもない。禁裏付《きんりづき》じゃ」

「ん、妙だな」

「わしもそうおもった。たしかに、禁裏で凶事が勃これば、まずまっさきに禁裏付の連中が動く。されど、所司代にお伺いを立て、常ならば町奉行所の捕り方を動かすのが筋であろう。それに、動きが早すぎる」

証拠となった鉈の柄には、岩丸のものであることをしめす「岩」という字が刻まれていた。だが、どこにでもある鉈だけに、昨日の今日で八瀬の男と繋げられた理由がはっきりしない。

「そのあたりを糾《ただ》そうとしたのです」

と、卯三郎が泣きそうな顔で言った。

敢えて身分も明かしたものの、禁裏付の与力は睨みつけただけで、問いかけを黙殺した。

「文句があるなら、禁裏付に訴えでろということか。どうせ、門前払いにされるだけであろうがな」

猿彦は口惜しがり、策を考えあぐねている。

いずれにしろ、これほど早く役人たちが動いた背景には、何者かの悪意を感じざるを得ない。

「みなで手分けして、真の下手人を捜すしかあるまい」

弥十が言った。

桐は泣き顔をみせたくないのか、真葛の袖に隠れてしまう。

母親を病で失った桐にとって、岩丸はたったひとりの肉親なのだ。

どうにかしてやらねばと、蔵人介は胸の裡につぶやいた。

五

京の町に不案内な蔵人介たちに、下手人を捜すのは難しい。

猿彦の足手まといになるだけなので、みずからできることを考えた。

ひとつだけある。

所司代に面会し、岩丸を解きはなちにしてもらうべく、禁裏付との談判を許してもらうということだ。

「それができれば世話はない」

猿彦は皮肉な笑みを漏らした。

何しろ、禁裏の警衛や公家衆の監察などを司る禁裏付は御所内の御用部屋に詰めている。特別の許可状でもないかぎり、一介の幕臣が御所内へ踏みこむことは許されなかった。

「半日だけくれ。もしかしたら、許可状を手に入れられるやもしれぬ」

猿彦たちが眉に唾をつけるなか、蔵人介が向かったのは二条《にじょう》城の北にある所司代屋敷であった。

言うまでもなく、所司代は京都の制圧と朝廷や公家の監察を目途に置かれ、西日本に居を構える諸大名の監視や、五畿内《きない》および近江《おうみ》、丹波《たんば》、播磨《はりま》からなる八ヶ国の統治にまで影響を及ぼす。

時の趨勢とともに、町の行政や公家領内の采配は町奉行や代官に移行され、すっかり求心力は衰えた。とはいえ、京においては幕府最高位の重職にほかならず、老中と直に結びつく禁裏付といえども、けっしてないがしろにできぬ上役であることはまちがいない。

何らかの命を帯びて京へ上った幕臣であれば、まっさきに挨拶をしなければならないところでもあった。

今の京都所司代は、越後《えちご》長岡《ながおか》藩七万四千石を領する牧野《まきの》備前守《びぜんのかみ》忠雅《ただまさ》である。

不惑《ふわく》を過ぎたばかりの温厚な殿さまで、奏者番《そうじゃばん》や寺社奉行を経て京都所司代となり、つぎは老中になるものと目されていた。

この牧野と橘右近が親密な間柄で、京に着いたらかならず挨拶に向かうようにと命じられていた。目見得を許されたならば、その場で許可状を貰おうという算段を立てたのだ。

無論、岩丸の無実を直々に訴えたいのは山々だが、無実を裏付ける証拠はまだみつかっておらず、今の段階では解きはなちの命を下してほしいとは頼めない。禁裏付との面談を許してもらうことのほうが先決だった。

牧野への挨拶は、拍子抜けするほど容易に許された。

柄にもなく緊張したせいか、流麗な二条城の外観を眺めた記憶もない。

ありがたいことに、牧野のもとへは橘から事前に書状が届けられていたらしかった。そうでなければ、役料二百俵の毒味役が役料一万石の京都所司代に目見得できるはずもなかろう。

牧野は笑みを絶やさず、千代田《ちよだ》城や江戸市中であった最近の出来事を知りたがった。

知っているかぎりのことをはなしてやると、懐かしそうに耳をかたむけ、ことに公方家慶の様子を案じているようだった。

鬼役の蔵人介は、一般の大名や重臣たちが知り得ぬことも知っている。たとえば体調のことなど、差しつかえない範囲でこたえてやると、牧野はたいそう喜び、京へ上った目途は橘からの書状に詳しく綴られているゆえ、隠密行動は逐一報告に及ばずとのお墨付きを与えてくれた。

そして、本題の禁裏付との面談に関する許可状については、調べに口を差しはさまぬという条件で書いてもらうことができた。

牧野はこのとき、猿ヶ辻で勃こった凶事について知らなかった。

重大事であるにもかかわらず、勝手な判断で行動した禁裏付のやり方に憤りをおぼえたらしく、そのことも特別に許可状を書いた理由だった。

「禁裏付は清田外記《きよたげき》という大身旗本じゃ。気位《きぐらい》の高い男でな、宮家と五摂家以外は洟《はな》も引っ掛けず、官位では遥か上の伝奏《てんそう》を御用部屋に呼びつけては、偉そうに幕府からのお達しを申しわたしている。ご老中との結びつきを訴え、所司代さえもないがしろにし、禁裏で勃こったことはすべて事後報告にいたす所存でおる」

牧野すら溜息を吐くほどのくせ者であるにもかかわらず、幕府内では誰よりも禁裏に詳しいので容易に異動させられない。本人は隠居するまで居座るつもりのようだし、下手に揉めるとこちらの出世にも響くので、腫れ物のように扱わざるを得ないのだと、牧野は嘆いてみせた。

「されど、殺しとなれば、はなしは別じゃ」

皮肉を込めて一矢《いっし》を報いる意味合いもあり、蔵人介は禁裏への入廷を許されたのである。

「さて、ここからが本番でござるな」

勇んで従《つ》いてきた串部は、門の内へ踏みこむことを許されなかった。

正装の裃《かみしも》を纏った蔵人介と卯三郎だけが入廷を許され、ふたりが御所内へ踏みこむやいなや、後ろの門番はそそくさと門を閉じた。

禁裏は存外に緑が少ない。

荘厳な雰囲気に包まれており、咳払いも躊躇《ためら》われるほどの沈黙が支配していた。

午《うま》ノ刻を過ぎたばかりの頃合いにもかかわらず、ゆったりとした空気の流れは時の経過を忘れさせる。

玄関へ向かいかけると、突如、空気が変わった。

厳《いか》つい連中が砂利を踏みしめてあらわれ、行く手に立ちはだかる。

「何者じゃ」

色白のうらなり顔に誰何され、蔵人介は名乗った。

「矢背蔵人介と申す者にござる」

「武士じゃな」

みればわかるだろうに、わざわざ糾そうとする。

公家に仕える者たちであろうと、察しはついた。

「押小路師直《おしこうじもろなお》じゃ」

と、うらなり顔は偉そうに名乗る。

押小路という姓なら、耳にしたことがあった。

地下官人の外記方を司る武門《ぶもん》の家として知られている。

おそらく、帯剣が許されているのはそのせいだろう。

後ろに控えた厳つい連中は、内舎人《うどねり》と呼ばれる警邏《けいら》役にちがいない。

武士からの転身者も多いと聞いていたが、手練《てだれ》を揃えているのは容易にわかった。

卯三郎が殺気を放ったので、蔵人介は手で制しつつ、禁裏付の御用部屋を訪ねたい旨を告げた。

「それなら、向こうじゃ」

幕府の役人が使う脇口へ顎をしゃくられる。

蔵人介は慇懃《いんぎん》に礼を言い、その場から離れた。

入廷ののちは、無愛想な平役人が控え部屋へ導いていく。

半刻余りも待たされたあいだ、茶の一杯も出てこない。

おおかた、招かざる客として扱われているのだろう。

たしかに、禁裏付は忙しい役目であった。毎日御所に参内し、武家伝奏との折衝をはじめとして、賄頭《まかないがしら》や金銭授受の監視をおこない、御所内の警衛や御苑内で勃こった凶事の探索ばかりか、内裏《だいり》普請の奉行なども担わねばならない。暇をみては御用部屋の用帳に帝の様子などの諸事を記録し、常と異なることがあれば京都所司代に報告もせねばならない。あるいはまた、公家衆の行跡も逐一監視し、洛中で火事が発生すれば禁門の警備に就くことも義務づけられている。

「それにしても、待たされますな」

卯三郎は、ぽつんと漏らした。

――じゃあ、じゃあ、ひゃあぁあ。

何処からか、懸巣《かけす》の声が聞こえてくる。

そう言えば、御所の外で懸巣の好きな樫《かし》の木を見掛けた。

やがて、騒々しい跫音とともに、鼻の下に細長い八の字髭を生やした小太りの五十男があらわれた。

上座に尻を落とすなり、早口で所司代の許可状を催促する。

膝を躙りよせて手渡すや、奉書紙《ほうしょがみ》を開いてざっと目を通し、大きく溜息を吐いてみせた。

「猿ヶ辻の殺しについては、こちらでよくよく吟味したうえで、備前守さまにご報告申しあげる所存であった。慣習じゃ。何故、この一件にかぎって備前守さまは強《こわ》意見をなさるのじゃ。それに、おぬしは何じゃ。江戸から使わされた鬼役づれが、何故、禁裏付の領分に割りこんでくる」

まずは怒りを鎮めるのが先決だが、蔵人介は逆《さか》しまの方法を取った。

「順序が逆かと存じまする。所司代のご差配を仰いだうえで、捕り方を動かすのが肝要かと。それが組織というものでございましょう」

「禁裏の事情を知らぬ者が何を抜かす。わしのもとには、十騎の与力と四十人の同心がおる。これだけの数を動かさぬのは、宝の持ち腐れではないか。殺されたのは、官位を取りあつかう帝の重臣ぞ。何をさておいても、まずは下手人捕縛に動くことが禁裏付の役目ではないか」

蔵人介は鋭く突っこむ。

「八瀬の男を捕縛されたとか」

「何故、おぬしがそれを知っておる」

「知り得た経緯はのちほど。それよりも、これが誤った捕縛であれば厄介なことになりましょうぞ。ご存じのとおり、八瀬衆は宮家や摂家に繋がる役目を負っております」

「駕輿丁《かよちょう》か」

「御意」

少しばかり、清田の態度が変わる。脅《おび》えているようにも感じられた。

「詮方あるまい。炭屋が吐いたのじゃ」

「と、仰せになりますと」

「室町屋孝太夫《むろまちやこうだゆう》が、おのれの罪をみとめた。出入りしていた八瀬の男を金で雇い、宇治原左大史を殺めさせたとな」

「まことにござりますか」

「九条家の犬が申すのじゃから、疑う余地はあるまい」

言ったそばから、清田は口を噤《つぐ》む。

うっかり口を滑らせたのは、あきらかだ。

蔵人介は隙を逃さない。

「九条家の犬と仰せになりましたな。それはどなたにござりますか」

「押小路師直じゃ」

さきほどのうらなり瓢箪だ。

「おぬしは知らぬでもよい。知れば命を縮めるぞ」

「聞き捨てなりませぬな」

「師直は鞍馬八流の遣い手、禁裏随一の剣客じゃ。この一件に首を突っこめば、あやつに首を獲られるぞ。ふふ、脅しではない。早々に京から立ち去るがよかろう」

蔵人介は助言を聞きながし、問いをぶつけた。

「何故、室町屋は宇治原左大史を殺めさせたのでしょうか」

「七位の官位を望んでおった。家に菊紋入りの提灯を立てるのが、室町屋の夢だったらしい。受領《ずりょう》の名乗りがあれば、炭も高値で売れよう」

室町屋は官位受領を大いに期待し、宇治原に数百両にのぼる賄賂を贈りつづけた。ところが、蓋を開けてみれば受領はならず、賄賂を受けとったおぼえもないと、けんもほろろに通達されたという。

「恨みを募らせ、最後の手段を講じたというわけじゃ」

「室町屋は今、どうしておるのでござりましょうや」

「まだ聞くか」

「最後の問いにござります」

「師直が首を斬った」

「えっ」

重要な証人を抹殺し、口を封じたとしかおもえない。

今となっては、室町屋が関わっていたのかどうかも藪の中だ。

蔵人介は顎を引き、室町屋、清田を睨みつける。

「八瀬の男の裁き、どうなさるおつもりですか」

「それを知ってどうする。おぬしなんぞに関わりはあるまい」

「清田さま、わるいことは申しませぬ。男を罰すれば、八瀬衆が黙っておりませぬぞ」

「脅しか。何故、一介の鬼役ごときに脅されねばならぬ。備前守さまのお墨付きがなくば、縄を打っておるところじゃ。さあ、わしが命を下さぬうちに、とっとと去れ。二度と顔をみせるでないぞ」

蔵人介が平伏《ひれふ》すと、清田は膨れた河豚《ふぐ》のような面で部屋から出ていった。

「あんなことを申しあげて、大丈夫でしょうか」

後ろに座る卯三郎が、不安げに聞いてくる。

脅しが少しでも効いてくれることを、蔵人介は祈った。

六

夕刻。

佐助は裏の瓢簞崩山《ひょうたんくずれやま》で怪しい人影をみつけた。

延暦寺の寺領ではないので誰がはいってもよいのだが、八瀬の者以外にみかけたことはない。

村人でないとすぐにわかったのは、急勾配の傾斜に立ってじっとこちらを見下ろしていたからだ。風下ゆえか、微かに獣臭もする。木々の枝に隠れて顔つきは判然としないものの、鹿や猪でないことは確かだ。

佐助は恐ろしくなり、逃げようとおもった。

ところが、縄で縛りつけられたかのように、からだが動かない。

泣きたくても声を出せず、目から溢れた涙が頰を伝って落ちた。

からだに力もはいらず、その場にへたりこんでしまう。恐ろしさが募った。

こんなことは生まれてこの方、一度も味わったことがない。

ふと、母に教わったことをおもいだした。

「山で動けなくなったら、おもいきり腿《もも》を抓《つね》りなさい」

指先は動いたので、言いつけどおりに腿の外側を抓った。

「痛っ」

金縛りは解け、自然と力が湧いてくる。

「よし」

起きあがって踵を返した。

すると、目のまえに、みたこともない男が立っていた。

「佐助か」

男は赤い口を開いた。

眠ったような細い目をしている。

佐助はこたえず、腰を低くして身構えた。

「ふふ、真葛の子だな。されば、わしとも血は繋がっておる。山の向こうまで従いてくれば、よいものをみせてやろう」

やはり、応じなかった。

知らない者の背に従いていってはいけないと、母から耳に胼胝《たこ》ができるほど言われていたからだ。

にもかかわらず、佐助は男につづいて歩きはじめた。

山の向こうに何があるのか、確かめずにはいられない。

――きいきい、きゅいいいん。

山の奥から、百舌鳥《もず》の鳴き声が聞こえてくる。

百舌鳥が贄刺《にえざ》しにした蜥蜴《とかげ》を、礫《つぶて》で落として遊んだこともあった。

きっと、そのことを恨んでいるのだと、佐助はおもわずにいられない。

男は道なき道を登りつづけ、崖にたどりついた。

どれほどの時が経過したのかも、ここが瓢簞崩山かどうかもわからなかった。

眼下に広がっているのは、みたことのない集落の景観だ。

「真葛が生まれた里じゃ。あやつも忍びの端くれでな、幼いころはみなにいじめられ、よう泣いておったわ」

佐助は目を瞠《みは》った。

生まれてこの方、八瀬から外へ出たことがなかった。

もしかしたら、憧れている洛中《らくちゅう》に近いのかもしれない。

そんなふうにおもうと、笑みがこぼれてくる。

「笑うたな。頼もしい童子《わっぱ》じゃ。お頭《かしら》さまの眼力で行く末を見通していただこう。ぬふふ、見込みがあれば、生かしてやる。なければ、生かしておく理由もあるまい」

不気味に笑う男のことが、急に恐ろしくなってきた。

気づいてみれば、夕暮れは近い。

低く垂れこめた雲が、山を覆いつつある。

佐助は逃げだそうとおもい、くるっと踵《きびす》を返した。

ところが、首根っこを摑まれ、おもいきり地べたに叩きつけられた。


それから一刻ののち、八瀬の村人たちは一斉に裏山へ踏みこんだ。

佐助が行方知れずになったと気づいたのは、ほんの今し方のことである。

夕餉になれば帰ってくるはずのわが子を案じ、真葛は長老の弥十に相談した。

「そうじゃな、おまえの申すとおり、行き先は裏山しかあるまい」

弥十も真葛のことばにうなずいた。

猿彦や蔵人介も戻ってきたので、村人たちに協力を仰ぎ、男たちみなで瓢簞崩山に踏みこむことにしたのだ。

天満宮の境内から遠望すれば、無数の松明《たいまつ》が点々とつづき、うねうねと大蛇のごとく山を這っているかのようだった。

「神隠しじゃ」

老婆のひとりは嘆いたが、猿彦も真葛も信じなかった。

桐は泣きながら「わたしの大事なものが奪われていく」と言った。

佐助は怪我をして、動けずにいるのかもしれない。そちらのほうがあり得ると、猿彦は冷静に考えをめぐらせた。

もっと幼いころ、逞《たくま》しく育ってほしいという一念から、佐助を山中に置き去りにしたことがあった。が、そこは猿彦のこと、夜中に何度もそっと様子をみにいったのだという。

あのときとはちがう。

「不吉な予感がする」

と、猿彦は何度も漏らした。

空を見上げれば月も無く、黒雲が山頂まで垂れこめている。

「雨か」

蔵人介がつぶやいたそばから、大粒の雨が降ってきた。

足許はぬかるみ、道は無いも同然だった。

山肌が露出しているかとおもえば、瓦礫《がれき》が堆積したところもある。

随所に見受けられる横穴は、大木が根こそぎ倒れた痕跡らしかった。

山は大雨が降るたびに何度も崩れ、麓《ふもと》の村に被害をもたらしていた。

さほど高さのない山だが、急勾配で変化に富んでおり、子どもたちが遊ぶにはもってこいのところだ。熊や山狗は見掛けないので、その点は心配ないものの、猪も凶暴であることに変わりはない。四つの幼子にしてみれば、抗うことの難しい天敵ともなり得るのだ。

雨が本降りになってくると、みなの焦りは増した。

「佐助、佐助、何処におる」

串部は可愛がっていたせいか、必死に叫びつづけて喉を嗄らしている。

張りだした大きな石を越えたあたりで、先頭を行く者が叫んだ。

「おるぞ。こっちじゃ」

猿彦が反応し、跳ぶように駆けていく。

たどりついたさきには、祠《ほこら》があった。

「鬼洞《おにがほら》じゃ」

八瀬の人々が酒呑童子《しゅてん》を祀った祠である。

隅っこに、小さなからだが蹲《うずくま》っていた。

「佐助、おい、佐助」

呼びかけても、身じろぎもしない。

猿彦は左手を差しのべ、佐助を抱きかかえた。

「冷たい」

口許に耳を近づけ、眉間に皺を寄せる。

「息をしておらぬ」

蔵人介はさっと身を寄せ、何をおもったか、佐助を仰向《あおむ》けにさせた。

胸をどんと拳で突くや、口を開いてごほっと咳を放つ。

「生きかえったぞ」

裸にしてみなでからだを摩《こす》ると、全身に血が通いはじめた。

おそらく、熊の冬眠と同じような状態になっていたのだろう。

「佐助、起きよ、佐助」

猿彦が平手で頬を叩くと、佐助は薄目を開けた。

「……お、おとっつぁま」

串部が雨水を呑ませてやると、顔にも生気が戻ってくる。

しかし、何故、鬼洞にいるのか、自分でもわからぬ様子だった。

「猿彦どの、こんなものが」

仲間のひとりが、土に刺さっていた短冊を拾ってきた。

——天誅
と、血文字で書かれている。

佐助の腕を調べてみると、血を抜かれた痕があった。

「くそっ、脅しのつもりか」

誰の仕業か、猿彦は見当をつけたようであったが、頑《かたく》なに口を閉ざしたまま、
佐助を抱きしめつづけた。

七

五日後、神無月十一日。

朝から曇天となった。

本来ならば、赦免地踊りの祭りが催されているはずなのに、八瀬の里は深閑として誰ひとり外へ出てきていない。

蔵人介たちは、八瀬から遠く離れた四条《しじょう》河原にいる。

猿彦から、桐を託された。

「父親の最期を、みせてやってくれ」

八瀬の衆は試練を迎えていた。

宇治原左大史を殺めた罪で、岩丸に厳しい沙汰が下されたのだ。

——磔獄門、晒し首三日
耳を疑った。

所司代にはたらきかけてもいたので、解きはなちになるものと期待していたのだ。

そうはならなかった。

しかも、沙汰を下したのは、頼りにしていた牧野備前守である。禁裏から強い要請があったときにかぎり、所司代には罪人を裁く手限《てぎり》仕置権が認められていた。わざわざ江戸の老中に伺いを立てていたら、途方もない時を要するからだ。それでも、殺しだけに慎重に裁かねばならぬ一件だった。にもかかわらず、あっさり沙汰が下されたのである。

よほど上のほうから、所司代に圧力が掛かったとしか考えられない。

「そもそも、四条河原で晒し者にする理由がわかりませぬ」

卯三郎も串部も首を捻った。

御苑内での凶事は外に漏れておらず、隠密裡に裁くこともできたはずだ。にもかかわらず、濡れ衣を着せた岩丸を晒し者にする裏には、謀事《はかりごと》の臭いを嗅がざるを得なかった。

捨て札には岩丸の素姓が詳細に記されている。

罪人をみる市井《しせい》の目は冷たい。

「八瀬の者たちはことごとく、白い目でみられるにちがいない」

と、猿彦は漏らしていた。

もしかすると、八瀬衆を窮地に陥れるのが、所司代をも動かすことのできる敵の狙いなのではあるまいか。
蔵人介には、そうとしかおもえなかった。
昨日の朝、厳しい沙汰を知り、即座に牧野備前守へ面談を申しいれた。
だが、虚しくも願いは受けいれられず、岩丸を救う道は閉ざされた。
「面目ない」
謝ったところで、八瀬衆の慰めにはならない。
誰もが怒りを押し殺し、諦めるしかない現状に俯《うつむ》いていた。
無論、娘の桐は黙っていられなかった。
どうして、無実の父が処刑されねばならぬのか。
どうして、みなで声をあげて助けてくれないのか。
桐は慟哭《どうこく》しながら訴えたが、どうすることもできなかった。
「すまぬ。抗えば、村ごと潰されてしまう」
弥十は頭を垂れ、胆汁《たんじゅう》を呑んだような顔で吐きすてた。
桐は大人たちを睨みつけたあと、ひとりで部屋に閉じこもった。
しばらくして真葛が様子を窺うと、父の最期がみたいと言いだした。
「行けば、何をされるかわからぬぞ」

猿彦は止めたものの、仕舞いには根負けした。

真葛が船頭となって小船を巧みに操り、鴨川の途中まで送ってくれた。

「桐は強い子ゆえ、父の最期をみせてやってください」

真葛自身は陸にあがらず、桐を託された蔵人介は覚悟を決めて刑場へやってきた。

が、想像以上に世間の目は厳しかった。

すでに、岩丸は竹矢来《たけやらい》の向こうで磔台に縛られている。

町奉行所の役人たちが、しかつめらしく座っていた。

沙汰が下ったのち、岩丸の身柄は禁裏付から町奉行所に渡されたのだ。

「八瀬の男め、食らえ」

礫《つぶて》が投じられた。

「人殺しめ、地獄へ堕ちろ」

女や子どもまでが礫を投げはじめる。

「うわあああ」

竹矢来のこちら側が騒然とするなか、桐は駆けだしていた。

「おやめください。お願いです。礫を投げるのは、おやめください」

頼んでも、聞く耳を持つ者などいない。

興奮した群衆を黙らせる術はなかった。

磔を投じられても、岩丸はけっして顔を背けない。

血だらけになっても、雄々しく胸を張っていた。

一方、桐は人の渦に呑みこまれ、溺れかけてしまう。

蔵人介が必死に手を伸ばし、哀れな娘を救いあげねばならなかった。

群衆の怒声や罵声《ばせい》が地鳴りとなって響くなか、与力らしき塗笠の役人が口をぱくぱくさせている。

罰するための口上を読みあげているのだろう。

口上が終わると、長槍を手にした小者《こもの》がふたり、左右から磔台に近づいた。

桐は今や最前列で竹矢来を握りしめ、必死に叫んでいる。

「おとう、おとう」

その声が届いたのか、縛られた岩丸が血だらけの顔を向けた。

「あっ、化け物がこっちを向いたぞ」

一瞬、まわりの連中が静まりかえる。

大の字に縛られた岩丸は胸を張り、凛然と言いはなった。

「皆の衆、刮目《かつもく》せよ。わしは八瀬の男じゃ。人を殺めはせぬ。死んでも罪は認めぬが、甘んじて裁きは受けようぞ。子や孫に伝えよ、これが八瀬の男の死に様じゃ」

長槍の穂先が、朝陽に煌《きら》めいた。

穂先は左右から胸を貫き、背中から突きだしてくる。

「ひゃっ」

桐は蔵人介の胸に顔を埋めた。

と、同時に、どよめきと歓声が沸きおこる。

「おぬし、罪人の娘か」

周囲の者たちが、桐に乱暴をはたらこうとした。

卯三郎と串部が、からだを張ってことごとく退ける。

「これが群衆というものよ」

蔵人介は苦々しげに吐きすてた。

震える桐の肩を抱え、刑場から足早に遠ざかっていった。

八

翌晩、蔵人介は猿彦に誘われ、御所の一隅に忍びこんだ。

今出川御門にはいって右手に佇《たたず》む近衛屋敷である。
猿彦は裏手へまわりこみ、裏木戸を拳で敲《たた》いた。
「とん、とんとととん」
来訪の合図なのか、独特の敲き方だ。
しばらくすると、木戸が音もなく開いた。
猿彦はさきに忍びこみ、手招きをする。
蔵人介もつづいた。
誰もいない。
朝鮮灯籠の炎が揺れている。
どうやら、中庭のようだ。
茶亭らしき庵もある。
――たん。
鹿威《ししおど》しが鳴った。
びくっと身を反らすと、猿彦が声をあげずに笑う。
跫音を忍ばせて、さきへ進んだ。
ふと、猿彦が足を止める。

灯籠の陰に、誰かが佇んでいた。

「猿彦か」

「宝来《ほうらい》さま、夜分に恐れいります」

「よい。御屋形《おやかた》さまはまだ、起きておられる」

「岩丸のことは」

「存じておられるわ。御心を痛めておいでじゃ」

宝来と呼ばれた人物は、ふっと口を噤む。

蔵人介に気づいたのだ。

「もしや、そちらが矢背蔵人介どのか」

「いかにも」

と、応じてみせたが、宝来はすがたをみせない。

猿彦が囁いた。

「宝来綾彦《あやひこ》さまは、御屋形さまが信を置かれる内舎人《うどねり》の長じゃ。禁裏では押小路師直と双璧と評される剣客でな」

そのさきは、宝来が引きとった。

「師直さまと張りあったのは以前のことじゃ。鳥目《とりめ》を患ってな、夜になると、何もみえぬようになる」

のっそりあらわれた宝来は、小柄な猫背の男だった。

眸子を閉じているので、蔵人介をみることはできない。

「されば、こちらへ」

導かれていったのは部屋ではなく、庵だった。

躙口のそばまで案内し、宝来は居なくなる。

ずずっと、茶を啜る音が聞こえてきた。

わずかな溜息とともに、物静かで耳心地よい声が聞こえてくる。

「明け方、夢をみた。晴明《せいめい》神社の小鬼どもが闇を覗いてみろと申す。覗いてみると闇の奥から二本の白い腕がにょっきり突きだされた。叫びたいのを我慢して手を握るや、凄まじい膂力《りょりょく》で引きずりこもうとする。腕の主はよく知るお方であった。九条尚義さまじゃ。鬼面のごときお顔をしておられた。おそらく悪《あ》しき者に憑依《ひょうい》されたのであろう。抗う術もなく、わが身は闇に引きずりこまれた。漆黒の闇じゃ。されど、目を凝らすと奥のほうに、かぼそき燈明が灯っている。根本中堂に灯る不滅の法灯にちがいないとおもうた。何と、その燈明を吹き消そうとする者がおる。僧のようであったが、止めようとしても声が出ぬ。ついに、燈明が消えた。と、おもうた刹那、夢から醒めた」

しばらく沈黙が流れ、ふたたび、凜とした声が響きはじめる。

「邪悪な闇が動きはじめたようじゃ。岩丸のこともしかり、おそらくは八瀬の者たちに災いをおよぼし、わが近衛家を立ちゆかなくするための布石《ふせき》であろう。尚義さまの描かれる遠大な野望とは、みずからがこの世の天下人となり、帝をも超えてみせることのようじゃ。軍資金も着々と集まっておる。されど、強大な権力を手にするには、まだまだ足りぬはず。そうなればかならずや、平家のお宝を奪おうとなさるに相違ない。それがため、関白になるおつもりなのじゃ。何としてでも、尚義さまの野望を阻まねばならぬ。猿よ、いざというときは、わかるな」

これは暗殺の密命なのだと、蔵人介は受けとった。

猿彦は命を受けとって感極まり、泣きながらうなだれている。

おそらく、身分の低い者は直々に口をきいてはならぬのだろう。

茶亭から近衛忠熈の気配が消えるまで、猿彦はひとこともことばを発しなかった。

――たん。

鹿威しが鳴った。

猿彦が、ぼそっとこぼす。

「宇治原左大史を殺めた者がわかった」

「まことか」

「岩丸に濡れ衣を着せたやつじゃ」

「いったい、誰だ」

「百舌鳥」

猿彦の口から発せられた名に、蔵人介は驚きを隠せない。

「やはり、知っておったか」

「秋元家の改易を画策した甲賀五人之者のひとりだ」

「いいや、百舌鳥は甲賀者ではない。静原冠者の男さ」

「えっ、そうなのか」

「まちがいない。何せ、真葛の兄だからな」

蔵人介はことばを失った。

猿彦はかまわず、喋りつづける。

「静原冠者は九条家の寄人《よりうど》じゃ。われら八瀬衆とは長年にわたり、帝に仕える間諜の地位を競ってきた。いわば、犬猿の仲じゃ」

犬猿の仲であるはずの静原冠者の娘を、猿彦は嫁にしている。

じつはそのことが、双方の関わりを一段と難しいものにしていた。

「百舌鳥は凶暴な男じゃ」

蔵人介は、急く気持ちを抑えきれない。

「それならば、飼い主の犬丸大膳も知っておるのか」

「名だけはな。静原に関わりがあるとみせかけておるが、よそ者じゃ。洛中を騒がせた子盗りの元締めで、見込みのある子を忍びに仕立てる悪党なのだと申す者もおる」

猿彦は立ちあがり、中庭を大股で突っ切っていく。

内舎人の宝来はすでに、気配もなく消えていた。

裏木戸から外へ抜けると、夜空に星が瞬いている。

箒星《ほうきぼし》がひとつ、またひとつと、流れ落ちていった。

「不吉な」

猿彦も手強《てごわ》い敵のことを考えているのだ。

犬丸大膳は甲賀者の名を借りて邪魔者を消し、手下たちを幕府や雄藩や公家などへ潜りこませた。

今や、蒔《ま》いた種は毒の花を咲かせかけているのかもしれない。

遠大な野望を遂げる組織ができあがりつつあるのだとすれば、それを阻むことこそがおのれに課された使命であろう。

蔵人介は箒星を目で追いつつ、ぶるっと身を震わせた。

九

翌晩、堺町《さかいまち》御門前。

八瀬から九条屋敷へ向かう途中、猿彦は立ちよるところがあると告げ、下鴨神社を過ぎたあたりで何処かへ消えた。

卯三郎と串部は首をかしげたが、蔵人介には行く先の見当がついている。

「四条河原だ」

岩丸の晒し首を奪いにいったにちがいない。

自分が猿彦の立場なら、かならず同じことをする。

従弟が恥辱にまみれているのを、黙って見過ごすわけにはいかぬ。

「それにしても、こたびは前代未聞の仕掛けにござりますな」

串部は胴震いしてみせる。

何しろ、九条家当主の命を狙おうというのだ。

誰にも気づかれず、事は隠密裡に運ばねばならぬ。

ただし、獲物のもとへたどりつけるかどうかは、猿彦の勘に頼るしかなかった。

邸内は広く、当主の尚義が何処にいるのかも判然としない。しかも、九条家の備えは厳重をきわめていた。

「前門《ぜんもん》の虎《とら》は、押小路師直にございますな」

猿彦ですら警戒する相手だけに、串部が言うとおり、油断はできない。

「後門《こうもん》の狼《おおかみ》も控えておりましょう」

「百舌鳥か」

手強い連中を束ねる犬丸大膳も、手ぐすね引いているかもしれぬ。

「娘の蜻蛉を忘れてはなりませぬぞ」

串部は指摘する。

「それがしは、あの蜻蛉こそが甲賀五人之者のうちの最後のひとりと考えておりまする」

たとい、そうであったとしても、甲賀五人之者という括《くく》りは、今となってみれば大きな意味をなさない。

百舌鳥も蜻蛉も、九条家に影として仕える静原の者たちなのだ。

一方、八瀬衆は五摂家筆頭の近衛家に従属している。

いわば、これは帝を支えるべき摂家同士の争いであり、両家当主の意を汲んだ名も無き間者たちがたがいの意地と誇りを賭けて闘っているようなものだった。

しかも、両者の境界は明確に分かれているわけではない。

近衛家と九条家はもとをたどれば平安期の藤原《ふじわら》家から分かれた血族にほかならず、猿彦の子である佐助には八瀬と静原両方の血が流れていた。

正直、一介の鬼役が関わってよいものかどうか、迷わぬと言えば嘘になる。

猿彦が戻ってきた。

「待たせたな。ちと、鳥辺野《とりべの》まで行ってきた」

「弔ったのか」

「ああ、やんごとなきお方の陵《みささぎ》の隅に埋めてやった。岩丸は優れた間者だった。只の樵夫《きこり》でないことをわかっていただくためにな」

不敵な笑みを浮かべる猿彦に向かって、串部が尋ねた。

「さて、わしらはどういたせばよい」

「正門で騒ぎたて、内舎人どもを引きつけてくれ」

「それだけでよいのか」

「よい。邸内では足手まといになる」

「おいおい、そりゃないだろう」

苦笑する串部の肩を、猿彦はとんと叩いた。

「ならば、わしが仕損じたときは頼む。骨を拾うてくれ」

「……わ、わかった」

猿彦は蔵人介をみた。

「おぬしには、いっしょに来てもらう。宝来さまに言いつけられた。御屋形さまは、おぬしに九条尚義さまの首を獲ってほしいそうだ」

「えっ」

「理由はわからぬ。わしは命にしたがうしかない。今夜の主役はおぬしだ。九条の楯となる者は、わしが始末する」

猿彦に導かれて、裏木戸から九条邸へ忍びこんだ。

勝手口のみえる厠《かわや》のすぐそばに隠れ、様子を窺う。

猿彦は裏庭までなら何度か忍びこんだことがあり、邸内の間取りもおおよそはそらで描けるらしかった。

しばらくすると、龕灯《がんどう》を提《さ》げた内舎人がやってくる。
居なくなったかとおもえば、別の者がまたあらわれた。
なるほど、備えは固い。
「そろそろだ」
猿彦がうなずいた。
呼応するかのように、表門のほうで騒ぎが勃こる。
ふたりがうまくやったのだろう。
「おい、急いで表門にまわれ」
誰かの怒声が響き、内舎人たちの気配は消えた。
すぐさま、猿彦は動きだす。
邸内に踏みこみ、長い廊下を小走りに渡った。
跫音はさせず、大きな闇が動いているかのようだ。
蔵人介もどうにか従いていくと、猿彦は足を止めた。
ここからさきは、母屋らしい。
猿彦は俯《うつぶ》せになり、床に耳をつける。
起きあがってうなずき、さらにさきへ進んだ。

廊下をいくつか曲がり、檜の香りがする部屋のまえで止まる。
つくりが江戸城の中奥に似ているので、寝所であることはわかった。
猿彦は桟《さん》に油を流し、そっと襖戸を開ける。
からだを斜めにして、忍びこんだ。
寝息が聞こえる。
奥の上座に絹の蒲団が敷かれ、誰かが眠っていた。
猿彦に迷いはない。
段差を乗りこえて素早く近づき、蒲団のうえへ左拳を叩きこむ。
——どすっ。
鈍い音がした。
猿彦は動かない。
「人形じゃ。謀られた」
囁いた刹那、格天井《ごうてんじょう》から黒い影が落ちてきた。
猿彦の背中にしがみつき、白刃で喉を掻こうとする。
「ぬおっ」
凄まじい力で投げとばすや、黒い影はひらりと跳んで床の間に舞いおりた。

百舌鳥だ。

猿彦が叫んだ。

「おぬしは行け。庭の茶亭だ」

「承知」

蔵人介は部屋を飛びだし、廊下のさきへ走った。

わずかな風の流れを頼りに進めば、行く手に庭があらわれる。

見張りらしき人影はない。

「はっ」

廊下から飛びおり、月に向かって走りつづけた。

めざす『拾翠亭《しゅうすいてい》』は、九条池に架かる太鼓橋の向こうだ。

羽目板の隙間から、淡い光が漏れている。

庵のなかに、獲物はいるのだろうか。

疑っている余裕もなく、太鼓橋を一気に渡りきった。

十

突如、脇の木陰から人影があらわれた。

押小路師直である。

白いうらなり顔を歪《ゆが》め、反りの深い太刀を抜きはなつ。

「ここからさきは一歩も通さぬ」

蔵人介は、にやりと笑みを浮かべた。

茶亭に獲物がいることを確信したのだ。

「いざ」

師直は地を蹴り、撃尺《げきしやく》の間合いに飛びこんできた。

蔵人介は鳴狐《なきぎつね》を抜き、初手で小手打ちを狙う。

「しゃっ」

「おっと」

師直は見切っていた。

独楽《こま》のように回転し、片手突きを繰りだす。

「ありゃ」

細長い刃の切っ先が蛇のように伸び、蔵人介の顎を舐める。

身を反らした勢いのまま、長い脚で前蹴りを浴びせた。

師直は胸を蹴られ、糸で吊られたように飛び退く。

そして、ふわりと地に降りたち、襟の乱れを直した。

「ふっ、さすが幕臣随一の手練。久々に心ノ臓が高鳴ってまいったぞ」

「すまぬが、おぬしと遊んでいる暇はない」

「小賢《こざか》しや」

師直は身を屈め、地を這う勢いで迫ってくる。

とんと爪先で地を蹴り、二間の高さへ跳んだ。

月を背に負えるほど高い。

だが、眼下に蔵人介はいなかった。

「何っ」

頭上にいる。

蔵人介は師直よりもさらに高く跳び、中空で刀を振りかぶった。

「ぬりゃ……っ」

つぎの瞬間、ふたつの影は地に落ちる。
師直は小刻みに痙攣《けいれん》しながら、頭から血を噴きあげていた。
――ぶん。
蔵人介は血振りを済ませて納刀し、脱兎のごとく茶亭へ走る。
灯りはまだ点《つ》いたままだ。
人の気配もちゃんとある。
無論、躙口からはいるわけにはいかない。
串部ならば、横壁にからだごと突進するだろう。
「ままよ」
串部の方法を取った。
羽目板と土壁をぶち破り、茶亭の内へ躍りこむ。
畳を転がりながら抜刀し、片膝立ちになった。
――しゃっ。
初太刀で両断したのは、鶴首の茶釜である。
「ふん」
茶釜を摑んだ相手が、脇差を突いてきた。

「くっ」

鬢を裂かれ、蔵人介は茶亭の外へ転がりでた。

「ぬはは、ようここまで来たな」

嗤う相手は、九条尚義ではない。

「犬丸大膳か」

「久方ぶりじゃのう。されど、ここまでがおぬしの限界じゃ」

「何っ」

「わしとやりおうている暇はないぞ。おぬしと猿めを導いたのは、それなりの理由があってのことじゃ」

「理由とは何だ」

「みずからの目で確かめてみるがよい。はっ」

大膳は火薬玉を取りだし、眼前に投げつける。

蔵人介は咄嗟に、池のなかへ飛びこんだ。

と同時に、茶亭そのものが吹きとぶ。

顔を差しだすと、大膳の影はなかった。

池から這いあがり、来た道を急いで戻る。

母屋の寝所へ戻ると、戸口で猿彦が俯せになっていた。

「おい、しっかりいたせ」

肩を抱きあげると、脇腹を剔《えぐ》られている。

深傷だった。

帯を解いてきつく縛り、止血だけはできた。

「……う、ぬう」

猿彦が目を開け、わずかに顎をしゃくった。

段差の近くで、屍骸が仰向けになっている。

百舌鳥だ。

顔面が陥没していた。

「起きあがれるか」

「……あ、ああ」

猿彦は身を起こし、蔵人介の肩にもたれかかった。

よろめきながらも、どうにか一歩を踏みだす。

大量の血を流したせいで、顔色は蒼白だった。

「ともかく、ここから出よう」

表口のほうは、まだ騒がしい。
卯三郎と串部の仕業にしては念が入りすぎている。
内舎人たちを脅かす別の何かが勃こったのだろうか。
巨体を支えて難儀しながらも、裏木戸から外へ出た。
月は群雲に霞み、ほとんど消えかかっている。
ふと、丑寅《うしとら》（北東）の方角を振りあおげば、山の稜線が赤く染まっていた。
「ああ、くそっ」
猿彦が悪態を吐く。
――みずからの目で確かめてみるがよい。
蔵人介の耳に、犬丸大膳の台詞が甦ってきた。

第四章　果てなき宴

一

蔵人介は呆気《あっけ》にとられた。

「比叡山が……」

燃えている。

「くっ、先手を打たれたか」

猿彦が口惜しがった。

卯三郎と串部が駆けてくる。

「殿、ご無事でござるか」

「ああ、戸板を剝がしてこい」

「はっ」

串部が運んできた戸板に猿彦を寝かせ、三人で持ちあげて駆けだす。

堺町御門を出ると、町人たちまでが丑寅の方角を見上げていた。

「ほんに不吉なことやわ」

口々に、そう言いあっている。

取りあっている暇はない。

「すまぬ。できるだけ早く、八瀬へ戻ってくれ」

猿彦に懇願され、戸板を持って必死に駆けた。

だが、重すぎる。

今出川御門までの半里を進んだだけで息があがった。

八瀬までは、まだ二里以上ある。

とてもではないが、駆けつづける自信はない。

「そこに輿屋《こしや》がある」

背に腹は替えられず、輿屋に飛びこんで交渉した。

酒手《さかて》を弾むと四人の担ぎ手を揃えてくれ、おかげで道を稼ぐことができた。

高野川沿いの土手道をたどり、気づいてみれば里山のなかへはいっている。

さきほどまで赤く染まっていた空は暗く、比叡山の輪郭は闇に溶けていた。

「延暦寺の宿坊が燃えていたようやけど、小火《ぼや》だったんかのう」

担ぎ手同士が会話を交わしている。

「ここでよい」

猿彦が戸板を降ろさせ、担ぎ手たちを追いかえした。

山の麓から、焦げつくような臭いがする。

心ノ臓が、ばくばくしはじめた。

「殿、夜が明けますぞ」

串部の言うとおり、東涯《とうがい》が明け初めてきた。

崩壊した村の惨状が、目に飛びこんでくる。

柱を叩きおられ、屋根を潰され、家々は瓦礫となり、そこいらじゅうに家畜の死骸が点々としている。

そして、激しく抵抗したのであろう。

刀や鉈を握った男たちが息絶えていた。

猿彦は足を引きずり、ひとりひとりの顔を確かめた。

確かめながら、自分の家があったあたりへ向かう。

家は無残にも倒れ、剝きだしになった囲炉裏から熾火《おきび》の煙が立ちのぼっていた。

「真葛、佐助、何処におる」

叫んでも返事はない。

武装した連中に急襲されたのはあきらかだ。

「犬丸大膳がやらせたのだ」

猿彦の言うとおりであろう。

蔵人介の耳には、大膳の台詞が聞こえていた。

――おぬしと猿めを導いたのは、それなりの理由があってのことじゃ。

一騎当千《いっきとうせん》の猿彦がいたら、あるいは、蔵人介たちの助太刀があったならば、村の潰滅は免れていたにちがいない。

大膳はすべてを見越して、九条邸へ誘ったのだ。

「おい、長老がおるぞ」

串部が叫んだ。

急いで近づくと、弥十が瓦礫の下敷きになっている。

すでに息はなく、顔には苦悶の表情が貼りついていた。

「くそっ」

猿彦は怪我も忘れ、瓦礫を除《の》けていく。

いくら捜しても、真葛と佐助はみつからない。

何をおもったか、猿彦はふらふら歩きはじめた。

従《つ》いていくと、窯風呂のひとつにたどりつく。

窯風呂は無事のようだった。

「すまぬ。わしのからだを、なかに入れてくれぬか」

這うことが上手くできないらしい。

俯せになった猿彦の巨体を三人がかりで引きずり、窯風呂の内へ押しこむ。

蔵人介たちも這いつくばって内にはいり、起きあがった猿彦の背につづいた。

奥の隅まで進んで壁を押すと、下方へつづく穴が開いており、冷たい風が吹きあげてくる。

尻で斜めに滑りおりれば、底に横穴が掘られていた。

幅は狭い。高さは屈めば歩けるほどだ。

龕《がん》灯《どう》の用意もある。

灯りを点け、暗い隧道《ずいどう》をたどった。

何度か横穴を曲がって進むと、足許に水の溜まった縦穴へ出る。

「空井戸だ」

蓋でふさいでいるらしく、頭上は暗い。

かなりの高さがあり、竹梯子が掛かっている。

「登れるか」

「ああ」

蔵人介が先頭を登り、猿彦がつぎにつづく。

串部が下から支え、卯三郎はしんがりから登った。

苦労して出口までたどりつき、口をふさぐ蓋をはねのける。

「うっ」

眩《まばゆ》いばかりの曙光《しょこう》が射しこんできた。

蔵人介は井戸から抜けだし、猿彦を縁に引きあげる。

森の中らしく、清らかな空気が流れていた。

「天満宮の裏手だ」

外からは侵入できぬ谷間にあり、抜け道は井戸から横穴をたどる道しかない。

猿彦は白膠木《ぬるで》の葉を摘んで唾をつけ、腹の傷口にあてがう。

猪の乾し肉を齧ったせいか、血色も戻ってきた。

——ぴっ。

猿彦は指笛を鳴らす。

しばらくすると、竹藪の狭間から大勢の人影があらわれた。

女や子どもたちだ。

いざとなれば、窯風呂の隧道をたどって逃げるように指示されていた。

教えをきちんと守り、みなで迅速に行動したのだ。

真葛が佐助の手を引いてくる。

桐もいた。

顔は煤《すす》にまみれ、泣き腫らした目をしている。

「じっちゃんのおかげで助かった」

桐は唇を嚙みしめ、可愛がってもらった弥十の死を惜しむ。

いったい何があったのか、猿彦は真葛に目で問うた。

「大勢の僧兵たちが甲冑《かっちゅう》姿でやってきた」

延暦寺の連中かどうかはわからない。

男たちは抗ったが、法力《ほうりき》を使う僧に手もなくやられたという。

力自慢の男たちが、金縛りにあったように動けなくなったのだ。

猿彦は、法力を使う僧におぼえがないという。

「敵の狙いは、何なのでしょう」

卯三郎の問いに、応じられる者はいなかった。

猿彦がこちらに振りむく。

「すまぬが、今から近衛屋敷へ戻ってくれぬか。宝来さまなら、敵の狙いをご存じかもしれぬ」

「わかった」

防《ふせぎ》に男手が要るので卯三郎と串部はこの場に残し、蔵人介はひとりで御所へ戻っていった。

二

今出川御門の周囲は見物人で埋まり、門番の目を盗んで内を覗いてみると、右手の近衛屋敷は物々しい捕り方装束の連中に囲まれていた。

「禁裏付の役人どもじゃ。宮廷の内舎人たちもおるぞ」

野次馬たちが口々に噂しあっている。

「近衛さまに謹慎の沙汰が下されたらしい。延暦寺の宿坊が焼かれたことと関わりがありそうじゃ」

敵の動きは、予想以上に素早い。

戸惑いつつも、門のそばから離れられずにいると、菅笠をかぶった小柄な男に目が止まった。

「あれはもしや……」

町人に身を窶《やつ》しているが、宝来綾彦にまちがいない。

門の脇へ逃れていったので、急いで背中を追いかけた。

大路を渡って小径《こみち》へはいり、周囲を警戒しながら東へ進む。

行く手のほうから聞こえてくるのは、鴨川の水音であろうか。

土手にたどりつくと、柳が川風に枝を揺らしている。

左右をみたが、宝来の影はない。

「見逃したか」

踵を返したところへ、殺気が迫った。

「ふん」

突如、白刃が鼻先へ伸びてくる。

軽々と躱すや、相手は驚いたように身を引いた。

素早く納刀しながら、脅えた目でみつめてくる。

宝来綾彦だった。

「……し、信じられぬ」

発せられた台詞の意味をはかりかねた。

ともあれ、こちらの素姓を告げねばなるまい。

「宝来どの、おわかりにならぬのか。矢背蔵人介でござる」

「えっ、矢背どののなのか」

「先日お会いしたのは夜であった」

「さよう。それがしは鳥目ゆえ、矢背どのを拝見できなかった。今日はみえる。それにしても、よう似ておられる」

「いったい、どなたに似ておると」

「それがしの口からは申せませぬ」

口調が丁寧なものに変わった。

「ともかく、御屋敷へ」

御所の東に流れる鴨川沿いには、町人たちに「河原御殿」と呼ばれている近衛家の下屋敷がある。

捕り方の手がおよんでいない下屋敷へ、宝来は蔵人介を招いた。

案内されたのは、広縁から鴨川越しに東山《ひがしやま》三十六峰をのぞむ客間である。

近衛忠熙への目見得が許されるのならば、八瀬の里が悲惨な憂き目に遭ったことを直に伝えたかった。

が、おそらく、望むべくもないことだろう。

柳並木の下には吾亦紅《われもこう》が群生し、煌《きら》めく川の向こうには流麗な山脈《やまなみ》が連なっている。

「東山三十六峰でござります」

宝来はいつのまにか、下座に控えていた。

「お気になさるな。それがしはこちらで」

蔵人介は理由を問わず、九条屋敷に忍びこんだ顚末《てんまつ》や猿彦が深傷を負ったこと、さらには、八瀬の村に僧兵らしき集団が雪崩《なだ》れこみ、男たちをことごとく殺戮《さつりく》したことなどを語った。

宝来は黙って耳をかたむけ、呻くように溜息を漏らす。

「おおよその経緯は報せを受けておりましたが、それほどまでに凄惨な情況であったとは。御屋形さまがお聞きになったら、さぞかし嘆かれましょう」

「宝来どのには、敵の狙いがおわかりか」

「延暦寺の宿坊がひとつ、丸焼けになったと聞きました。それを八瀬衆の仕業に仕立てあげ、麓の村を潰す口実とした。すべては、八瀬衆と関わりの深い御屋形さまのお立場を悪くするための謀事《はかりごと》にござります」

ずいぶん手の込んだことをする。だが、そうでもしなければ、五摂家筆頭の近衛家当主を窮地に追いこめぬと判断したにちがいない。

「謀事を講じた者の見当は、ついておられるのか」

「延暦寺に潜りこませた間者によれば、呑海と申す法力に長《た》けた高僧がおるそうです。おそらくは、そやつの仕業かと」

「呑海」

「裏に控えておるのはまちがいなく、九条尚義さまにござりましょう。そして、犬丸大膳なる者は九条家の子飼い、八瀬衆に恨みを抱く者にござります」

「何故、八瀬衆に恨みを」

「子盗りの罪をあばかれ、島流しにあったと聞いたことがござります。ずいぶん、古いはなしにござりますが」

八瀬潰しは大膳の企図したことだと、宝来は言いきる。

蔵人介はうなずいた。

「近衛さまは、どうなりましょうか」

「敵の策謀を証明できねば、何らかの咎を受けるのは必定《ひつじょう》にござります」

「まさか」

「いいえ。すでに、御屋形さまには謹慎の命が下され、捕り方どもは上屋敷の内外に溢れております。九条尚義さまが関白の鷹司政通さまにたいして、何らかのはたらきかけをおこなったのは明白なこと、ここまでは敵の思惑どおりに事が進んでいると言わざるを得ませぬ」

近衛家は懲罰を受けるかもしれぬと聞き、蔵人介は事の重大さを悟った。

宝来はつづける。

「九条さまの狙いは、次期関白の座だと断言できまする」

関白は宮廷のすべてを差配できるうえに、実入りも多い。

五摂家の当主ならば誰もが望む地位ではあるが、九条尚義の欲するものは地位だけではなかった。

「三百万両におよぶ平家の埋蔵金を手に入れたいのでござります」

「平家の埋蔵金」

「さようでござる」

一時は我が世の春を謳歌《おうか》した平清盛《たいらのきよもり》の蓄財で、そのほとんどは衆生《しゅじょう》から集めた浄財だと言われていた。今から約六百六十年前、熱病に冒された清盛が平家の行く末を案じて、地中深く隠すように遺言したのだという。

一説によれば、清盛は院政をはじめた白河《しらかわ》上皇の落胤《らくいん》であり、母は祇園女御《ぎおんのにょうご》の妹だったとも伝えられている。

従一位《じゅいちい》の官位を授かったのち、治承《じしょう》三年の政変で後白河《ごしらかわ》法皇を幽閉し、孫の安《あん》徳《とく》天皇を擁して政事の実権を握った。ところが、権力や領地を独占するやり方が貴族や寺社や武士たちの反発を招き、ついには源氏による平家打倒の御旗が坂東《ばんどう》の地に翩翻《へんぽん》とひるがえった。

そうしたなか、清盛は死を迎えたのである。

そして、清盛から遺言を授けられたのが、摂政となっていた娘婿の近衛基通《もとみち》であったという。

したがって、お宝の在処は代々、近衛家に伝えられた。

近衛家の当主だけが先代から遺言というかたちで口伝され、いつのころからか、帝と関白にも秘かに伝えられる慣行となった。

「無論、それがしなんぞは知る由《よし》もありませぬ。ただ、三百万両は鳥辺野の何処かに埋められたと聞いたことがござります」

幕府に知られるわけにはいかぬので、お宝については箝口令《かんこうれい》が敷かれ、宮廷でも一部の上位者しか知らない。五摂家でも筆頭の近衛家と関白を司る鷹司家の当主だけしか知らぬはずのことを、九条尚義は嗅ぎつけたのだ。

「ご当主さまは、どうしておられる」

「病床に臥せっておられます」

「まことでござるか」

「呑海が調伏《ちょうぶく》を仕掛けておるのやもしれぬゆえ、陰陽師《おんみょうじ》に祈禱《きとう》をさせております」

「ならば、忍びこんでもお会いはできぬな」

「できるものなら、会っていただきとう存じます」

宝来は蔵人介の顔をみた途端、がらりと態度を変えた。

似ているというのは、もしかしたら、近衛忠熙なのではあるまいか。

いいや、そんなはずはあるまいが、そうでもないかぎり、目見得など叶うはずがないのも事実だ。一介の幕臣にすぎぬ者が、五摂家筆頭の当主と直に会話を交わすことなど許されるはずもない。

蔵人介は黙然と座したまま、自問自答を繰りかえす。

宝来がまた喋りはじめた。

「考えたくもござりませぬが、御屋形さまはことによったら壱岐《いき》へ流されるかもしれませぬ」

「まことか」

「すべては、九条尚義の謀事にござります」

いずれにしろ、目見得は叶いそうにない。

うなだれる蔵人介のもとへ、宝来は膝を躙りよせてきた。

「機会をつくりましょう」

「えっ、まことかそれは」

「七日後の神無月二十日、御屋形さまは菩提寺の大徳寺《だいとくじ》へ墓参にまいるご予定になっており、おからだが快癒なされば輿を担がせることとあいなりましょう」

「墓参の途上で目見得を果たすのでござるな」

「御屋敷に近づく者があれば、見張りに勘づかれてしまいます」

それゆえ、墓参の途上でわざと騒ぎを起こす。騒ぎに巻きこまれたふりをして輿に近づいてほしいと、宝来は囁いた。

「うまくいけば、御屋形さまと直におはなしができるかもしれませぬ。御屋形さまにお伝えすれば、お託しになりたいことも出てまいりましょう」

宝来は、密命のことを意図している。

猿彦が密命を下されたとき、蔵人介も茶亭の躙口外に控えていた。

改めて命じられずとも、九条暗殺の密命は果たすつもりでいる。

もちろん、犬丸大膳と八瀬潰しを命じたとおぼしき呑海なる僧も葬らねばならぬ。

近衛家の窮地を救う道はそれしかないとおもうからだ。

「されば、そのときに」

宝来は「機会はかならずつくる」と約束し、両手を握ってきた。

蔵人介は暇を告げ、後ろ髪を引かれるおもいで河原御殿を去った。

三

二日経った。

集落の片付けは生き残った男と女子どもでおこなわれていたが、遅々として進んでいない。

猿彦は傷が膿《う》んで悪化し、生死の狭間を行き交っている。

悪いはなしは重なり、蔵人介のもとには京からの退去命令が下された。

「牧野さまにお目に掛かり、どうにかしていただくしかない」

何度か門前払いを食っていたものの、蔵人介は串部をともなって所司代屋敷へやってきた。

洛中には、朝から冷たい雨が降っている。

所司代屋敷の門は頑なに閉ざされ、門番は取りついでもくれなかった。

「昨日の味方は今日の敵でござりますな」

串部は悔しさまぎれに、門を足で蹴りつける。

と、そこへ、あらかじめそばに待機していたのか、物々しい捕り方装束の連中があらわれた。

二十人は優に超えていよう。

指揮をする与力の塗笠には、葵《あおい》の紋所が見受けられた。

「禁裏付の清田外記さまから、うぬらの捕縛を命じられた。矢背蔵人介、神妙にお縄を受けよ」

串部が身を屈め、腰の同田貫を抜こうとする。

「やめよ」

蔵人介は制止し、素直に縄を受けた。

縄を打つ以上、何らかの企図があるのだろう。

敵の懐中に飛びこみ、企図を探ろうとおもった。

「いちおう、罪状を聞いておこうか」

後ろ手に縛られた恰好で問うと、与力は「洛中擾乱《じょうらん》の罪じゃ」と慇懃《いんぎん》に応じた。

ところが、蔵人介主従が連れていかれたさきは、禁裏でもなければ、町奉行所でもなく、御苑の南にある九条屋敷にほかならなかった。

要するに、禁裏付の清田は九条家の命で動いていたのである。

串部と別々にさせられ、蔵人介は縛られたまま白洲に引きずられていった。

先日忍びこんだ際には、見掛けなかったところだ。

広縁の奥に上座があり、御簾《みす》が下がっている。

おそらく、主人が座るところなのだろう。

主人も重臣らしき者もおらず、左右に侍《はべ》る蹲踞《つくばい》同心が睨みつけてくる。

後ろにも武装した内舎人《うどねり》たちが控え、容易なことでは逃げられそうにない。

しばらくすると、右端から束帯《そくたい》姿の犬丸大膳があらわれた。

左端からは、黄蘗染《きはだぞめ》の袈裟を纏った僧侶がすがたをみせる。

呑海にちがいないと、蔵人介はおもった。

座ると、鉢のように大きな禿頭《とくとう》がめだつ。

庇《ひさし》のように反りかえった眉の下で、濁った眸子《まなこ》が光っていた。

「ほう、よう似ておるわい」

呑海が感心したように漏らすと、大膳が重々しくうなずく。

「申したとおりにござりましょう」

「して、あの者をどう使う」

「延暦寺の僧坊を焼いた仏敵にするのはいかがかと」

「ふふ、なるほど」

「それだけではござらぬ。ご本尊を盗んだうえに、不滅の法灯を吹き消した。天下の大罪人とも言うべき仏敵が、じつは近衛家の縁者であったという筋書きにござる。何せ、あの顔であれば、縁者である証拠をしめす必要がござりませぬからな」

「さすが、知恵者よの。その筋ならば、帝も異をお唱えになるまい。これでようやく、近衛家の息の根を止めることができそうじゃ」

奥の引き戸が開き、九条尚義らしき人影が衣擦《きぬず》れとともにあらわれた。

呑海と大膳は平伏し、当主が上座に落ちつくのを待つ。

蔵人介が御簾の奥を睨みつけると、咳払いが聞こえてきた。

「もそっと、近う」

かぼそい声がする。

屈強な蹲踞同心どもが立ちあがり、そばへ寄ってきた。

左右から腕を取られ、引きずられるように広縁下へ進む。

尚義らしき人物が、ぐっと御簾に顔を近づけた。

つかのまの沈黙があり、素っ頓狂な声があがる。

「ひょほう、似ておる。うりふたつではないか」

「ご満足であられましょうや」

呑海の問いに、御簾奥の人物は溜息で応じる。

「この世には自分と似た者がもうひとりおると聞いたが、まことであったのう。あの者のこと、近衛内大臣は存じておるのか」

「いいえ」

と、大膳が応じる。

「この者が罪人として四条河原に晒されたとき、はじめてお知りになることでござりましょう」

「ぬひょひょ、それは良い考えじゃ。この者を晒せば、内大臣はおおやけの場に出られなくなる。当然のごとく、東宮傅《とうぐうのふ》の任は解かれような」

帝の信頼が厚い近衛忠熙は、今年から次期天皇と目される統仁《おさひと》親王の後見役に就いていた。

九条尚義にはどうやら、そのことがおもしろくなかったらしい。

呑海が声に力を込める。

「拙僧の調伏によって、心身ともにお弱りのはず。あの者を四条河原に晒せば、とどめの一矢《いっし》となりましょう。近衛さまが宮中から消えてしまえばこちらのもの、帝が頼りになさるのは御屋形さまおひとりになりまする」

「関白がおるではないか」

「こたびのことで、すでに禅譲の段取りは整うたかと」

鷹司政通は九条尚義の資質にこだわり、年は若くとも関白の座を近衛忠熙に譲ってもよいと考えている節がある。謀事を急いだ背景には、そのこともあったようだ。

蔵人介は、ぎりっと奥歯を嚙んだ。

敵の手駒として京へ導かれた理由を知り、やりきれない気持ちにさせられた。

「さて、関白におなりになってからの仕儀《しぎ》にござります」

と、呑海が語りだす。

「まずはわたくしめを、密教寺院のすべてを束ねる大僧正にしていただきたく存じまする。そして、犬丸大膳には従四位下《じゅしいのげ》宰相の官位をお与えになり、検非違使《けびいし》ならびに内舎人の者たちは指先ひとつで動かせるようにしていただきまする」

そして、大膳を武家伝奏として公卿《くぎょう》の一端にくわえてもらい、徳川との折衝を仕切らせてほしいと、呑海は存念を滔々《とうとう》と述べる。

「それが大いなる野望を達成する近道かと存じまする」

「ん、大いなる野望とな」

「お忘れか。徳川の世を終わらせ、政事の中心を宮中に戻すと、ご自身のおことばで仰せになったではありませぬか」

「そうであったな。ま、おぬしらの好きなようにいたせばよい。それよりも、平家のお宝じゃ。鳥辺野の何処かに埋まっておると聞いたが、関白になれば何処かはわかるのであろうな」

「御意。されど、関白になりになるまえに、近衛さまから隠し場所を聞きださねばなりませぬ。そうでなければ、隠蔽《いんぺい》される公算が大きゅうございますゆえ」

「内大臣はああみえて、骨のある男ぞ。いったい、どうやって聞きだす」

「そのための謀事でもございます。たとえば、罰を軽くしてさしあげるのと引換えにすれば、かならずや、お宝の隠し場所をおはなしになるかと」

「それを聞いて安堵した。よきにはからうがよい」

「へへえ」

平伏するふたりを顧みず、九条尚義は逃げるようにいなくなった。

蔵人介は、身動きひとつしない。

憤りのせいで、頭が沸騰しかけている。

が、重要なのは、ここからどうやって逃げだすかだ。

悪党どもの始末は、逃げだしたあとで考えればよい。

「その者を水牢《すいろう》に入れておけ」

大膳が居丈高《いたけだか》に命じた。

屈強な連中に引ったてられる。

串部は生きているのであろうか。

卯三郎は機転をはたらかせ、所司代屋敷に訴えてくれるだろうか。

蔵人介はさまざまなことをおもいめぐらせつつ、白洲の脇に建つ厠の奥から氷室《ひむろ》のように寒い地下へと引きずられていった。

四

それから丸三日、蔵人介は光のない水牢に繋がれた。

食べ物は米一粒たりとも与えられず、水は踝《くるぶし》まで浸かっている溜まり水を啜ってしのいだ。

見張りが来たら、すぐさま脱出しようと決めていたが、その気力さえも衰えている。片足ずつ水から持ちあげて摩擦を繰りかえし、できるだけ冷たくなるのを防いだが、血の気を失った足はふやけ、感覚を失いつつあった。

おそらく、四条河原に晒されるころには頬も痩《こ》け、人相が変わってしまうだろう。敵の思惑から外れるので、それはそれで歓迎すべきことではあったが、まだあきらめるわけにはいかなかった。

どれほどの時が経ったかは、勘をはたらかせて把握することにつとめた。

濡れた壁に爪で傷をつけ、おそらく、今は繋がれて三日目の夕刻頃であろうと当たりをつけていた。

人の気配が近づいてきたのは、浅い眠りから醒めたときのことだ。

何者かが鍵を壊し、牢の格子戸を開いている。

「生きておるか」

闇の奥から差しだされた掌は、八つ手《やつで》の葉のように大きかった。

懐かしい掌だ。

握ってみると、暖かい。

「……さ、猿彦どのか」

ふわりと抱きよせられ、牢の外へ出ることができた。

大男の猿彦が噎《むせ》び泣いている。

「さぞかし、冷たかったであろうな」

「平気だ。おぬし、怪我はもうよいのか」

「わしのことより、自分のことを心配しろ」

猿彦はわずかに笑い、背に負ぶってくれる。

断ろうとおもったが、まともに歩けないことはわかっていた。

「串部は」

「ふふ、従者のことが心配か。それを聞いたら、泣いて喜ぶぞ」

「助かったのか」

「ああ、自力で逃れた。一日目におぬしはここへ連れてこられ、あやつは禁裏付の捕り方に預けられた」

預けられた捕り方は処置に困り、禁裏付の清田外記に伺いを立てたうえで斬首しようとしたらしい。

「廬山寺《ろざんじ》の裏手に連れていかれたが、あやつは隙をみて逃走をはかった」

縄を付けたまま鴨川を渡り、高野川に沿って八瀬へ逃げかえってきたのだという。

串部から告げられ、蔵人介の居所はわかった。

卯三郎も串部も闇雲に動くのを避け、猿彦の快復を待った。

そして、慎重に九条屋敷を探り、敵の見張りが手薄なときをみはからって忍びこんできたのである。

「待たせてわるかったな」

「何を言うか」

厠の奥から外へ抜けた。

もう陽が落ちたのか、あたりは薄闇に包まれている。

凄愴《せいそう》とした白洲には、内舎人の屍骸が点々としていた。

猿彦は蔵人介を背負ったまま、地を蹴って築地《ついじ》塀まで跳躍する。

御苑の外へ降りたつと、荷車が待っていた。

牽《ひ》いているのは、串部である。

顔を涙で濡らし、蔵人介の無事を喜んだ。

荷車のうえには、替えの着物と帯がたたんである。

敵に奪われた鳴狐と鬼包丁も取りもどされていた。

串部は胸を張る。

「殿、卯三郎どのが所司代屋敷におられます」

「備前守さまとお会いできたのか」

「粘りに粘ったすえに、四半刻の猶予を頂戴しました。今から、お連れいたします」

「卯三郎め、でかしたな」

「頼りになるお方にござります」

そうした会話を交わしつつ、所司代屋敷へたどりついた。

敵の人影がないことを確かめ、裏門からそっと忍びこむ。

足を引きずりながらも、どうにか歩けるようにはなった。

裏口では、卯三郎が首を長くして待っている。

「養父上《ちちうえ》、よくぞご無事で」

「死んでたまるか」

「備前守さまが、寝所にてお待ちにござります」

「寝所か」

「ここ数日、病に臥せっておられました」

もしかしたら、呑海の調伏にやられたのかもしれぬ。

草履を脱いで廊下にあがった。

途中からは若い用人が案内に立ち、蔵人介ひとりだけが寝所に導かれていく。

「こちらへ」

用人に囁かれ、部屋のまえで傅《かしず》いた。

気配を察したのか、襖障子の内から声が掛かる。

「はいれ」

「はっ」

用人が戸を開け、蔵人介は身を差しいれる。

有明《ありあけ》行燈の炎が揺れた。

牧野は蒲団のうえではなく、文机《ふづくえ》のまえに端座していた。

書き物をしながら、こちらをみずに尋ねてくる。

「深い闇を覗いたようじゃな。して、どうする」

「九条家の当主を討たねばなりませぬ」

「何故じゃ」

「密命にござります」

「討たねばならぬ理由を申してみよ」

「九条さまは、大いなる野望を抱いておいでのご様子」

「それは」

「倒幕にござります。西国《さいごく》の諸大名を錦の御旗のもとに集結させ、あわよくば御三家をも味方につけて、政事の中心を禁裏に戻したいと願っておられるのでございます」

「由々しきはなしじゃ。されど、聞かなんだことにしておこう」

「数日の猶予をお与えいただきたく存じまする」

「そのあいだ、黙ってみておれと申すのか」

「お願い申しあげます」

牧野は筆を動かす手を止め、こちらへ顔を向ける。

「禁裏付の清田外記に腹を切らせる。そのための書状を綴っておるのじゃ」

宛先は老中首座の水野越前守忠邦と聞き、さすがに驚いた。

牧野は禁裏付に間者を放ち、以前から清田の動向を探っていたのだという。

「幕府の顔として禁裏との折衝を任されていたにもかかわらず、清田は九条家と裏で通じ、せっせと私腹を肥やしておった。確乎《かっこ》たる証拠が揃ったゆえ、ご老中に伺いを立てようとおもうてな」

本来ならば、明日にでも清田の身柄を押さえたいところだが、派手な動きをすれば敵に勘づかれる。

「おぬしのやりたいことの妨げになるやもしれぬゆえ、ちと自重しておこう。密命を果たした時点で、一斉に捕り方を動かす。それでよいか」

「ありがたきご配慮にございます」

「ただし、宮中のことは関与せぬ。所司代が下手に関与いたせば、事は大きくなり、帝のお立場が危うくなるやもしれぬ。禁裏がぐらつけば、幕府も少なからず痛手をこうむろう。幕府と禁裏はこれまで、絶妙な均衡を保ちながらやってきた。その均衡を崩すわけにはいかぬ」

さすがに、知恵者と評される牧野備前守だけのことはある。

冷静な判断に、蔵人介は頭のさがるおもいがした。

「おぬしが失敗《しくじ》れば、わしらは共倒れになるやもしれぬ。九条さまの抱く大いなる野望とやらが、日の目をみることになったら一大事じゃ。何か策はあるのか」

「ござります」

咄嗟に、嘘を吐いた。

ほんとうは、策などない。

水牢から出てきたばかりで、心身ともに疲れきり、考えることもできなかった。

黙っていると、牧野は空咳を放った。

「失敗《しくじ》りは許されぬぞ」

「はっ」

「よかろう。あの橘右近が信を置く男なら、きっとやってくれるにちがいない」

牧野も腹を決めてくれたようだ。

蔵人介は感謝の意を述べ、所司代屋敷からそっと抜けだした。

五

それから一日半、蔵人介は死んだように眠りつづけた。

猿彦は無理が祟ってふたたび床に臥したが、真葛の親身な看病のおかげで快復に向かっている。

蔵人介の指示を受けた串部は「河原屋敷」へおもむき、近衛家当主の墓参がおこなわれるかどうかを探ってきた。予定どおりにおこなわれると知り、蔵人介は褥《しとね》から抜けだした。

近衛忠熙に対面することで、突破口がみえてくるのではないかとおもった。

だが、どうしても会いたいと熱望した理由はほかにあり、みずからの出自を確かめたい気持ちに衝き動かされていた。

蔵人介は年端もいかぬころ、薩摩と肥後の国境で御庭番の命を帯びた叶《かのう》孫兵衛に拾われた。ずっと忘れていたが、孫兵衛の死によって甦った記憶だった。蔵人介と名付けられた子は御家人長屋で育てられ、孫兵衛の願いもあって矢背家の養子になった。

養父のもとで修行をかさね、出仕してからは毒味役を天職とおもい、過去にこだわることもなく過ごしてきたが、橘の密命を帯びて京に上り、まったく自分の与《あずか》りしらぬ出来事に遭遇している。

宝来綾彦や九条家に集った悪党どもの言ったとおりならば、近衛家に何らかの関わりを持っている公算が大きかった。

志乃でさえも、そんなはなしはひとことも漏らしたことがない。

知らないのだろうか。

だとすれば、因縁としか言いようがなかろう。

運命の糸に導かれて、生を受けた京へ舞いもどってきたのかもしれない。

近衛忠熙に目見得できれば、頭のなかで絡まった糸が解けるような気もする。

是が非でも、この機会を逃すわけにはいかぬのだ。

近衛家の菩提寺である大徳寺は、御所の北西へ半里ほど行ったところにある。

今宮《いまみや》神社にもほど近い紫野《むらさきの》と呼ぶあたりで、襲わせるとすれば途中の北大路《きたおおじ》沿いになるものと予想された。

「往路と復路、どちらでしょうか」

串部の問いに、蔵人介は即答した。

「復路だな」

忠熙の心境をおもえばわかる。先祖の菩提をきちんと弔ったあとでなければ、落ちついて事に対処できまい。

蔵人介は卯三郎と串部を連れ、北大路を下見しながら大徳寺に参った。

大徳寺は臨済宗《りんざいしゅう》の禅寺である。山号は龍宝山《りゅうほうざん》、本尊は釈迦如来《しゃかにょらい》で、境内には二十を超える塔頭《たっちゅう》が林立していた。地位のある者たちは参詣に訪れると、かならず座禅を組み、茶を嗜《たしな》むという。

蔵人介も本坊の庭に面した広縁に座り、四半刻ほど座禅を組ませてもらった。

両足が治癒していくように感じたのは、あながち錯覚ではあるまい。

心と体は連結しており、心が澄みわたれば体から毒も除かれていく。

本坊をあとにして、三人で山門に向かって歩きはじめた。

山門のそばでは、参詣客たちがざわめいている。

煌びやかな公卿の一行が到着したのだ。

「近衛さまのご一行でござるぞ」

串部が囁いた。

周囲に目を配れば、怪しげな連中が行列を注視している。

物々しく武装した者たちは、禁裏付の配下であろう。

九条家の内舎人らしき者たちも、参道脇から一行を監視している。

そして、どちらにも属さぬ浪人風体の者たちが、境内の端を野良犬のように徘徊《はいかい》していた。

蔵人介は、ごくっと息を呑む。

輿《こし》は山門の外で歩みを止めた。

近衛家の内舎人を率いる宝来綾彦が露払いとしてあらわれ、配下に指図して参詣客たちを参道の両端に追いはらった。

平常は御苑の内にあり、御殿のなかでも御簾の内に隠れている。

五摂家の当主を目にできる機会は、そうあるものではない。

当たり籤《くじ》を引いたようなもので、参道の両端は鈴生《すずな》りの人で埋めつくされた。

参詣者たちは頭を垂れつつも、貴人のすがたを目に焼きつけようと首をかたむける。

近衛忠熙が、ゆっくり輿から降りてきた。

白足袋がみえ、艶めいた束帯の端が閃く。

痩せてはいるが、大柄なからだつきだった。

烏帽子をつけ、肝心の顔は薄い布で覆っている。

参詣客から溜息が漏れた。

顔は拝めずとも、高価な着物を纏った人物の堂々とした物腰に魅了されたにちがいない。

「退け、そこを退け」

叫んでいるのは宝来の配下ではなく、禁裏付の連中だった。

長い参道のさきでは、一部の者たちが揉みあっている。

忠煕は危ういと察して立ちどまり、踵を返した。

「あっ、戻っていかはる」

参詣客がざわめくなか、浪人どもが殺到してくる。

「ふわあああ」

宝来の雇った野良犬どもにちがいない。

本来ならば復路で輿を襲う手筈なのに、逸《はや》る気持ちを制御できなくなったのだ。

「狼藉者《ろうぜきもの》、離れろ。離れぬと斬って捨てるぞ」

禁裏付や九条家の連中が一斉に刀を抜いた。

これに応じて、浪人たちも抜刀する。

随所で金音と悲鳴が錯綜しはじめた。
「御屋形さまをお守りせよ、急げ、急げ」
宝来は必死の形相で叫んでいる。
想定外なだけに、尋常な焦りようではない。
だが、すぐさま、人の波に呑まれてしまう。
蔵人介はこのとき、いち早く輿に迫っていた。
卯三郎と串部が刀を抜き、追いすがる連中を返り討ちにする。
輿を守る者たちは剣すら帯びておらず、腰が引けていた。
忠煕は輿の内で、御簾越しに様子を窺っている。
蔵人介は宝来に代わり、担ぎ手たちに「輿をあげよ」と命じた。
驚いた担ぎ手たちが輿を担ぎ、半丁ばかり往来を戻っていく。
追っ手と離れたさきで止めさせ、蔵人介は御簾に近づいた。
「八瀬からまいりました。御屋形さまをお守りいたします」
「あっ」
御簾の向こうで驚いている。
こちらがみえるのだろうか。

「……ま、まことであった」

聞きとれぬほどの声がする。

白い手で御簾が除けられ、忠熙が顔をみせた。

「あっ」

こんどは、蔵人介が驚く番だ。

まるで、鏡をみているようであった。

覚悟していたとはいえ、これほどまでに似ていると、神仏を拝みたくなる。

「……あ、兄上」

忠熙はたしかに、そう漏らした。

しかも、眸子《まなこ》を潤ませている。

蔵人介は身じろぎもしない。

ことばを忘れているのだ。

「こちらに、耳を」

忠熙に導かれ、蔵人介は首を差しだした。

耳許で何事かを囁かれる。

うなずく自分が不思議でたまらない。

後ろで叫ぶ卯三郎や串部の声も聞こえてこなかった。

怒濤《どとう》となって押しよせる者たちの動きが緩慢にみえた。

時が止まってしまったのだ。

「……お託し申しあげましたぞ」

最後のことばが聞こえ、気づいてみれば輿は遠ざかっていた。

「退け」

禁裏付の役人に、どんと背中を押される。

その脇を、宝来と配下たちが駆けていった。

近衛忠熙を乗せた輿は四ツ辻を曲がり、みえなくなる。

蔵人介はしばらくのあいだ、惚けたように立ちつづけた。

六

近衛忠熙は何と三百万両とも言われる「平家のお宝」の在処を、耳許で直に教えてくれた。

欲に目のくらんだ敵を誘うためにである。

信用してもらったのはありがたいが、蔵人介は「兄上」と呼ばれた衝撃から立ちなおることができずにいた。

聞くところによれば、まだ年端《としは》もいかぬころ、洛中では幼子の神隠しが流行したのだという。人々は天狗の仕業だと畏《おそ》れたが、盗まれた子は金になる皇族の子どもたちばかりで、どう考えても人買いの仕業にちがいなかった。

この身も人買いに攫われ、薩摩と肥後の国境にある村で捨てられたのだろうか。そして、逃散《ちょうさん》によって人影の消えた村で、ひとり途方に暮れているところを孫兵衛に拾われたのか。

だとすれば、われながら数奇な運命をたどったとしか言いようがない。

孫兵衛の望みで養子になったさきの矢背家は、近衛家を主人と仰ぐ八瀬童子の主家にあたっていたのだ。

誰が意図して、これほどの因縁をかたちづくることができようか。

まさに、神仏の導きだとしか、蔵人介にはどうしてもおもえなかった。

大徳寺の騒動から二日経った夕刻、蔵人介は卯三郎を八瀬に残して串部だけをともない、鳥辺野の一角にやってきた。

東山三十六峰のうち阿弥陀《あみだ》ヶ峰《がみね》の麓にある鳥辺野は、嵯峨《さが》野《の》の化野《あだしの》、大徳寺にも近い船岡山《ふなおかやま》の蓮台野《れんだいの》とともに、京の葬送地として知られている。鳥辺山《とりべやま》とも呼ぶ阿弥陀ヶ峰の西麓を南へ下る大和《やまと》大路は、祖霊迎えの信仰で知られる六道珍皇寺《ろくどうちんのうじ》へとつづき、同寺はこの世と冥府《めいふ》の出入口であると信じられていた。

平清盛の先祖が六道珍皇寺の西の地に阿弥陀堂を建てて以来、六波羅《ろくはら》と呼ばれるこのあたり一帯は平家一門の屋形で埋めつくされた。その数は五千を超え、六波羅の中心に建つ六波羅蜜寺《みつじ》は大勢の人々の信仰を集めたという。

空也《くうや》上人の開基《かいき》になる六波羅蜜寺には、清盛の墓もある。それゆえ、清盛に「埋めよ」と遺言されたお宝が六波羅からつづく鳥辺野の何処かにあると考えるのは自然の流れだった。

しかし、ひとくちに鳥辺野と言っても広すぎる。

関ヶ原の戦いののち、親鸞廟所《しんらんびょうじょ》の大谷《おおたに》廟が建立されてから、墓所は清水寺《きよみずでら》をふくむ鳥辺山の北麓一帯に集約されたものの、平安期の皇族を埋葬する陵《みささぎ》は西麓などにも点在し、お宝の位置を特定するのは無理だった。

ゆえに、敵が近衛忠熙に接触をはかり、お宝の在処を聞きだそうとするのは予想できた。忠熙自身もわかっていたので、それを逆手に取って罠を仕掛ける策を蔵人介に授けたのである。

「やってまいりましょうか」

串部は最初から乗り気ではなく、半信半疑のようだった。

ふたりは今、藤原定子《ふじわらのていし》の眠る陵にいる。

東大路と今熊野観音《いまくまのかんのん》とを結ぶ裏道から、鬱蒼《うっそう》とした雑木林を登ったさきだ。

藤原定子は平安期の中頃に君臨した一条《いちじょう》天皇の皇后だが、陵には定子のほかに六人の皇后が埋葬されていた。醍醐《だいご》天皇の皇后穏子《おんし》、円融《えんゆう》天皇の皇太后詮子《せんし》、後朱雀《ごすざく》天皇の皇后禎子《ていし》内親王、後冷泉《ごれいぜい》天皇の皇后歓子《かんし》、白河天皇の皇后賢子《けんし》、堀河《ほりかわ》天皇の皇太后苡子《いし》である。

六人のなかで注目すべきは、白河天皇の皇后賢子であった。白河天皇晩年の寵妃《ちょうき》として知られる祇園女御は、妹の子である平清盛を猶子《ゆうし》としたことで知られ、それがために清盛は白河天皇の落胤《らくいん》と噂された。清盛自身はまちがいなく白河天皇の落胤であることを主張したはずなので、贖罪《しょくざい》の意味も込めて皇后の墓所に浄財を埋めた公算は大きいと言わねばならない。

「なるほど、辻褄《つじつま》は合う」

串部は膝を打った。

「いわば側室の子であった清盛公が、御台《みだい》様に気を遣ったというわけでござるな」

「戯《ざ》れたことを申すと、罰が当たるぞ」

串部は舌を出し、さらにつづける。

「猿彦どのが申しておりました。かの『平家物語』には、天下三不如意《てんかさんふによい》というものが記されておるそうで」

白河《しらかわ》天皇が法皇となったのちに「賀茂河《かもがわ》の水、双六《すごろく》の賽《さい》、山法師《やまぼうし》、是《これ》ぞわが心にかなわぬもの」と嘆いた逸話のことだ。

賀茂河の水とは、古来より暴れ川として知られていた賀茂川の水害をさす。ふたつ目の双六の賽は、書いて字のごとく賽の目のことだ。そして、三つ目の山法師は延暦寺の荒法師たちのことらしかった。日吉山王社《ひよしさんのうしや》の神輿を担いで洛中に雪崩《なだ》れこんでは、強訴《ごうそ》を繰りかえしていたのだという。

「法皇はこの三つだけがおもいどおりにならぬと仰せになり、市井の人々にも天下三不如意として遍《あまね》く知られるようになったとか」

猿彦は酒に酔うと、延暦寺の僧たちをひどく言う。

酔った勢いでよく口にする逸話でもあった。

平安期の延暦寺に集った僧兵たちは、そうとうな荒くれ者たちだったらしい。朝廷が他の寺社を優遇したり、寄進された荘園を国司《くにのつかさ》が押領《おうりよう》しようとするたびに、山王社の暴れ神輿を楯にとって公卿たちを力で捻じふせたのだ。

「白河法皇は、延暦寺に辟易《へきえき》なさっておられた。歴代の皇族や公卿たちには、そのころの悪印象が擦りこまれていたからこそ、比叡山の麓に堅固《けんご》な防壁を築く必要に迫られた。それが自分たちだと、猿彦どのは仰いました」

いざとなれば、延暦寺とも正面切って闘わねばならぬと、酔った勢いでいつもうそぶいてみせる。

「まことに勇ましい猿よな」

と、蔵人介も笑った。

その猿が今日はいない。

わざと告げずにおいたのだ。

告げれば何をさておいても、床から起きだしてくるにきまっている。

蔵人介は猿彦に頼らず、近衛忠熙に託されたことをやり遂げたかった。

猿彦も串部も、忠熙の顔を知らない。

それゆえ、蔵人介の真実を知りようもない。

それでよいのだとおもう。敢えて告げる必要もないのだ。

日没が近づいている。

雑木林がざわめき、人影がひとつ、ふたつとあらわれた。

「来た」

串部は緊張で身を固める。

木陰から目を凝らしていると、顎の割れた大きな男がすがたをみせた。

犬丸大膳である。

忍びとおぼしき手下は、五人におよんでいた。

墓所をあばいてお宝をみつけたら、一晩掛けて運びだすつもりできたのだろう。

蔵人介と串部は息を殺し、じっと様子を窺った。

黒装束の一団は音もなく跳ねとび、陵《みささぎ》の結界を軽々と乗りこえてくる。

そして、白河天皇の皇后賢子の墓所を容易にみつけ、罰当たりにも、何ら躊躇いもみせずにあばきはじめた。

忠煕から在処を聞きだしたのはあきらかだ。

ただし、ほんとうのことを告げたら、罠にならない。

罠を仕掛けた以上、大膳たちを仕留める必要がある。

まんがいち失敗《しくじ》ったら、忠煕の命が危うくなるからだ。

下忍どもはせっせと穴を掘りすすめたが、お宝らしきものは出てこない。

「犬丸さま、何もございませぬ」

「何だと。もっと深く掘れ」

「はっ」

掘っても掘っても、出てくるのは骨の断片と土塊《つちくれ》だけだ。

そろそろ頃合いと見切り、蔵人介は木陰から身を乗りだした。

「そこにお宝はないぞ」

振りむいた大膳は、鬼のような形相をしている。

蔵人介は、平然と言いはなった。

「おぬしらは永遠にお宝をみることができぬ」

「謀ったな」

大膳は、ぎりっと歯軋りをする。

「うぬも忠熙も、ただではおかぬぞ」

「決着をつけよう。生き残ったほうが、お宝にたどりつけるはずだ」

「おぬし、知っておるのか」

「さあ、どうかな」

「水牢を自力で逃れたとおもうなよ。逃がしてやったのさ。おぬしがお宝の道標になるかもしれぬと、そう考えてな」

「負け惜しみにしか聞こえぬ」

蔵人介は間合いを詰め、串部は横に離れていく。

大膳が指図を出した。

「散れ」

五つの影が左右に散り、蔵人介と串部を取りかこむ。

だが、的は絞りにくい。

三人が串部のほうへ向かい、ふたりが蔵人介に対する。

「はっ」

ふたりが左右から、同時に襲いかかってきた。

短い直刀を抜き、上下から挟み撃ちにする。

蔵人介は、咄嗟に身を沈めた。

右手で鳴狐を抜き、左手で鬼包丁を抜きはなつ。

「はっ」

鬼包丁を投擲《とうてき》すると同時に、鳴狐を薙ぎあげていた。

ふたつの黒い影が、足許に折りかさなる。

ひとりは左胸に鬼包丁が刺さっており、もうひとりは腹を斜めに裂かれていた。

「ぬう」

後ろの三人のうち、ひとりが背後に襲いかかる。

振りむきざま、首を刎《は》ねてみせた。

何とも凄まじい太刀捌きだ。

情念すら感じさせる。

一方、串部も負けじと、同田貫でひとり目の臑を刈った。

ふたり目は中空に跳ねとび、少しばかり手こずっている。

蔵人介は血振りを済ませ、鳴狐を鞘に納めた。

そして、仰向けに転がった屍骸から、鬼包丁を引きぬいた。

「ふふ、強いな。されど、おぬしにわしは殺れぬ」

大膳は両脚を開いて腰を落とし、ばっと左手の掌を開く。

「ぐっ」

蔵人介の動きが止まった。

「居竦みの術じゃ。もはや、おぬしは刀すら抜けぬ」

大膳は掌を翳したまま、一歩、また一歩と近づいてくる。

「殿、だいじござりませぬか」

串部の相手は存外に強く、鍔迫《つばぜ》りあいを余儀なくされていた。

蔵人介は佇んだまま、ゆっくり迫る大膳をみているしかない。

間合いは五間を切った。

「これまでじゃ。逝け」

大膳は刀を抜き、心ノ臓めがけて突いてくる。

すっと、蔵人介は除けた。

「何っ」

つぎの瞬間、抜きの一刀で右腕を断つ。

ぼそっと落ちた自分の腕を、大膳は呆然とみつめた。

「……じゅ、術が掛かっておらなんだのか」

蔵人介の腿には、自分で刺した小柄が刺さっている。

「過信が仇。術に溺れたな」

薄闇に光る鳴狐が、大上段から迷いもなく振りおろされた。

「ずびっ」

犬丸大膳のからだは丸太が裂けるように分かれ、夥《おびただ》しい血を四散させた。

「やりましたな」

串部も最後のひとりを始末し、意気揚々とやってくる。

「殿もおひとが悪い。お宝がないことを、最初から存じておられたのでしょう」

「敵を欺くには、まず味方から。文句を言うな」

ふたりはあばかれた墓所を元に戻し、敵の屍骸をひとつにまとめて荼毘《だび》に付した。

強敵の一角は除いたが、本命はまだ残っている。

九条尚義をどう料理するか、蔵人介に策はない。

七

五日後、夕刻。

大和大路を北に進んで四条大路にぶつかり、右手の東に曲がれば八坂《やさか》神社へたどりつく。門前の参道を途中で左手に折れれば、白川《しらかわ》に架かる巽《たつみ》橋の向こうまで茶屋が軒をつらねている。

蔵人介は猿彦の背につづき、狭い露地裏を縫うように進んだ。

犬が矢来に小便を引っかけている。その脇を芸妓や幇間《ほうかん》が行き交い、三味線箱を抱えた若者が茶屋から茶屋へ渡りあるく。

ここは祇園、八瀬の男と公方の毒味役には似つかわしくないところだ。

「犬丸大膳が消えても何処吹く風、九条尚義は優雅な日々を送っているようだな」

近衛忠煕の謹慎は解かれず、次期関白の座を射止める日は刻々と近づいている。関白になりさえすれば宮中の実権を一手に握り、倒幕という野望を果たすべく邁《まい》進《しん》することもできよう。

「かたわらで煽りたてておるのは、比叡山を下りた糞坊主だ」

呑海である。

猿彦が仕入れたはなしによれば、根本中堂の不滅の法灯から秘かに分けた炎を蠟《ろう》燭《そく》に灯し、常のように尚義の部屋に灯しつづけ、護摩《ごま》を焚いておどろおどろしい呪《じゅ》を唱えては、尚義の心に邪悪な芽を植えつけているという。

いまや、呑海こそが滅すべき敵にまちがいなかった。

されど、今のところは成敗どころか、ふたりに近づくのさえ難しい。

「大膳が消えてから、九条屋敷の防《ふせぎ》は堅固さを増すばかりだ」

しかも、尚義は穴熊《あなぐま》のごとく部屋に籠もったきり、外に出ようとしない。

外へ引きだすことができなければ、忠煕の密命を果たすのは難しかろう。

「されどな、ふふ、天はわしらを見放さなんだ」

一昨日、病みあがりの猿彦が好機到来の報を抱えてきた。東福寺《とうふくじ》の檀家から尚義のもとへ鶴の捧げ物があり、九条家の臣下たちが長寿を願って庖丁式で鶴をさばいてはどうかと提案したのである。

庖丁式とは、庖丁師と呼ばれる料理人が直垂《ひたたれ》や狩衣《かりぎぬ》を纏い、俎板《まないた》のうえに置かれた魚や鳥を手で触れず、一本の庖丁と長い真魚箸《まなばし》だけを使って瑞祥《ずいしょう》のおめでたいかたちに切りわける儀式のことだ。

主に節会《せちえ》の行事として催され、公家や武家にも広まった。

内々には関白昇進の前祝いだと囁かれ、尚義も乗り気になったという。

ただし、内々の祝いゆえに上屋敷ではなく、鴨川に面した九条河原邸にて催すものとされたのだ。

「この好機を逃《のが》すわけにはいかぬ」

催しを明日に控え、猿彦は当代随一と評される庖丁師に連絡《つなぎ》をとった。名は薗三郎左衛門《そのさぶろうざえもん》、九条家から庖丁式を依頼された人物にほかならない。

蔵人介は今から、薗に会いにいく。

詳しいことは知らされていなかったが、薗の代わりとなって獲物に近づく策であろうことは容易に想像できた。

「庖丁師は近衛家贔屓《びいき》でな、おぬしに庖丁式ができるようなら、はなしに乗ってもよいと言った。おぬし、庖丁の扱いには慣れておるのだろう」

「毒味と料理は別物だぞ」

「薗三郎左衛門は気難しい爺でな、機嫌を損ねたら終わりだ。この策は捨てねばならなくなる」

「わかった。ともあれ、やってみよう」

猿彦は足を止めた。

かたわらに、間口の狭い平屋がある。

「ここだ」

――ごおん。

暮れ六つを報せる時の鐘が鳴りはじめた。

「約束の刻限、ぴったりだな」

猿彦は勝手に戸を開け、内へ身を差しいれる。

蔵人介もつづいた。

出迎える者とていない。

細長い土間が裏庭までつづいていた。

来訪も告げずに土間を進んでいくと、壺庭に面した客間に烏帽子をかぶった白装束の老人が座っている。

薗三郎左衛門であろう。

面前には大きな俎板があり、見事な鶴が置かれてあった。

薗からみて左端に敷いた板紙のうえには、一本の庖丁と細長い真魚箸が置いてある。正確に言えば、真魚箸のほうは四角くたたんだ板紙のあいだに挟んであった。

「薗流は江戸幕府の草創期に起こった新しい流派じゃ。流祖の薗別堂入道基氏《そのべつどうにゅうどうもとうじ》が一流の庖丁師となるべく願を掛け、百日のあいだ一日も欠かさずに鯉を切って修行を積んだ。百日鯉《ひゃくにちごい》の逸話が発祥の起源である」

薗は皺顔を弛《ゆる》めもせず、滔々と流派の起源を喋りきった。

戸惑う蔵人介を、猿彦はおもしろそうに眺めている。

「爺さんは、いつもあんな感じだ。見掛けはああでも、庖丁を握らせたら、みる者すべてを黙らせてしまう」

薗は怒ったように言う。

「猿よ、わしはまだ決めたわけではないぞ。近衛さまをお救いするためなら、できるだけのことはいたす所存じゃが、摂家の庖丁式で醜態を演じれば薗家は改易《かいえき》となろう。流派は滅びる。すまぬが、それだけはできぬ相談じゃ」

「ああ、わかっておる。こちらのお方は、幕府きっての庖丁師じゃ。おぬしの目で確かめてみるがよい」

「よし。ならば、わしの所作をまねよ。今から、鶴をさばく。一度しかやらぬゆえ、覚悟してみておるがよい」

言ったそばから、薗老人は右手で庖丁を持ち、左手に真魚箸を握った。

「これより、舞鶴の切汰《せった》をご披露いたす。最初だけ説いてつかわすゆえ、よう聞いておれ。切汰とは切りわけの所作じゃ。簡単に申せば、切りわけた頭、羽、胴、足、骨を俎板に並べる。それが庖丁式じゃ。特別に切汰図をそこに用意しておいた」

覗いてみると、俎板の手前に「舞鶴」と墨書きされた絵図が置いてある。

鶴は頭と首、二枚の羽、胴、足といった部位に分けて描かれ、あたかも空を飛んでいるかにみえた。

「薗流には、秘伝の切汰図が数知れずある。鶴だけではないぞ。鯛も鯉も何十種類とあってな、庖丁師はあらかじめ儀式に適した切汰図を選んでおくのじゃ。それが式題《しきだい》になる」

と言いつつ、薗は膝立ちでゆらゆら踊りだす。

さらには、庖丁と真魚箸を重ねて音を鳴らす。

「これは懸《か》かりと言うてな、死骸を食べ物に変える清めの所作じゃ」

間髪を容れず、鶴の首を根元から、すとんと落とした。

血は板紙を使って上手に隠し、切った部位を庖丁と真魚箸で上手に挟むや、所定のところへ置いていく。

「わしから向かって左上を宴酔《えんすい》、右上を朝拝《ちょうはい》、左下を五行《ごぎょう》、右下を四徳《しとく》と呼ぶ。中央は式《しき》じゃ」

どうやら、俎板の位置の名らしい。

蔵人介は所作を睨みつつ、独特の言いまわしを頭に刻みこんだ。

もはや、目は釘付けになっている。

庖丁式のことを、まったく知らないわけではなかった。

以前、江戸で何度か目にしたこともある。

起源は今から一千年近くまえの平安初期、宮中でおこなわれたのが最初と言われており、生間《いかま》流、四條《しじょう》流、大草《おおくさ》流、薗流などいくつかの流派に分かれ、流派を束ねる庖丁師は大勢の弟子を抱えているという。

「流派によって作法も異なる」

こちらの心を読んだかのように、薗老人は喋った。

「ことに、水撫《みずなで》の所作は難しいぞ」

鶴を切る所作、切汰の所作、突いたり引いたりといった細かい動きは、ことごとく流派で受けつがれてきたものだ。

ゆったりした舞楽の舞いをみているようで、おもわず引きこまれてしまう。

「庖丁式は神事じゃ。宮中では帝が神さまゆえ、神さまに捧げる食べ物に触れれば穢《けが》れてしまう。それゆえ、手で触れずに鳥や魚を切りさばかねばならぬ。わかったか。おぬしは、長い伝統に培われた神事を、たった一度目にしただけでわがものとし、目の肥えた公卿たちの面前で披露しようとしておるのじゃ。何と無謀で大胆不敵なことか。されど、猿彦はできると太鼓判を押した。こやつは嘘を吐かぬ男じゃ。さあ、見極めてつかわそう。おぬしに、わしと同じ切汰図が描けるのかどうか」

薗老人は庖丁を措《お》き、すっと立ちあがる。

「さあ、こちらへ。おぬしの番じゃ」

招じられた床には真新しい俎板があり、大きな鶴が置いてあった。

蔵人介は用意された狩衣を纏い、烏帽子の紐を顎のしたで結ぶ。

「されば」

薗老人と見分けがつかぬほどの切汰図を描いてみせよう。

蔵人介には、揺るぎない自信があった。

八

翌日は朝から霧雨となった。

鴨川からのぞむ東山連峰は雲に霞み、稜線ははっきりみえない。

九条河原邸の大広間には公卿たちが集い、世間話に花を咲かせている。

広間が静まりかえったのは、黄蘗染の袈裟衣を纏った呑海が経を唱えながら部屋にはいってきたからだった。

間を置かずに、主人の九条尚義が衣冠《いかん》束帯のすがたであらわれた。

催しを進行する役の官人が、中庭に面した広縁の端で口上を告げる。

「これより、御屋形さまのご長寿を祈念いたし、鶴の庖丁式をご覧にいれまする」

「式題は」

と、公卿のひとりが尋ねた。

「薗家の舞鶴にございます」

官人が応じると、公卿たちのあいだから「おお」と、どよめきが起こる。

その様子を、尚義は満足げに眺めていた。

官人の導きにしたがって、俎板が運びこまれてきた。

さらに、毛の抜かれた鶴が一羽、大きな盆に載せられてくる。

運ぶ役は薗流の若い庖丁人たちだった。

顔色も変えず、黒子に徹している。

官人が尚義に顔を向け、了解を得たうえで告げた。

「これより、当代随一の庖丁師にご登場願いまするが、ひとつおもしろい趣向をご用意申しあげました」

「ほう、何であろうか」

公卿たちが身を乗りだすと、官人の代わりに尚義がこたえた。

「常のとおりでは、おもしろうない。庖丁師本人のたっての希望でな、面をつけて庖丁式をやるそうじゃ」

「それはおもしろい。して、どのような面にございましょう」

「みてのお楽しみじゃ。ほれ、薗三郎左衛門があらわれたぞ」

烏帽子に狩衣姿の人物は、貴徳の雅楽面をつけていた。

舞台の袖には雅楽師たちも揃っており、笙《しょう》や太鼓で優雅な雰囲気を盛りあげる。

無論、面の内に隠れている人物の正体を知る者はいない。

偽者であれば、庖丁を握った瞬間にすぐわかるであろう。

公卿たちは節会ごとに何度となく、一流の庖丁師の所作を眺めてきたのだ。真贋を見破る目は持っている。

庖丁師はふわりと座るや、俎板の左端から庖丁と真魚箸を拾いあげた。

定式《さだめしき》に則《のつと》り、ゆらゆらと揺れるように舞い、懸かりと呼ぶ清めの儀式をおこなう。

大広間は水を打ったように静まり、庖丁と真魚箸の重なる音と微かな息遣いしか聞こえてこない。

懸かりを終えると、貴徳面の人物は庖丁を持ちあげ、鶴の首を根元から断った。

あっというまもない。

寸分の狂いもなく切りわけ、血は板紙で上手に隠す。

つぎに両端の羽が断たれ、息つく暇もなく胴が裂かれた。

所作にいっさいの淀みはない。

まさに、雅楽の舞いをみているかのようだ。

そもそも、貴徳は大陸に覇《は》を唱えた匈奴の王である。

優雅に舞うかとおもえば、鉾《ほこ》で激しく床を突いて猛々《たけだけ》しさをみせる。

貴徳面の人物は鉾を庖丁に替え、緩急をつけながら舞うように鶴を切った。

そして、優雅に盛りつけられた鶴を眺め、客たちは感嘆の溜息を吐く。

「見事じゃ」

尚義も快哉《かいさい》を叫ぶ。

薗流の切汰図に描かれていたとおりのできばえだ。

もはや、それは食べ物ではない。

俎板のうえで、鶴が華麗に舞っていた。

「ひゃはは、余興じゃ。余興でおじゃる」

尚義は満足げに笑い、余興にしては手が込んでおるだろうと自慢する。

廊下の端から納戸方の者たちがあらわれ、二列に向かいあった客たちの面前へ一斉に膳が運ばれてきた。

旬の食材を使った有職《ゆうそく》料理である。

九条葱《ねぎ》と穴子《あなご》の初箸、黒豆や湯葉漬けの添え、椀物は子鴨の擂《す》り身、甘鯛《あまだい》や細魚《さより》のおつくり、満願寺《まんがんじ》唐辛子や加茂茄子田楽《でんがく》や車海老などが彩り豊かに盛りつけられた島台《しまだい》などからなっていた。

献立のすべては、貴徳面の庖丁師によって考案された。

「美味じゃ、すばらしい」

公卿は口々に言い、呑海でさえも暢気《のんき》に舌鼓を打ちつづける。

面の人物はそこにおらぬかのように息を殺し、俎板のまえに座りつづけていた。

やがて、薗流の弟子が新しい小鉢を盆で運んでくる。

どうやら、主役の尚義にだけ供される格別の品らしい。

「うほほ、何でおじゃろうかのう」

尚義は酒もすすんでいるようで、赤ら顔ですっかり上機嫌になっていた。

新しい小鉢に盛られた品を箸で摘み、つるっと食べてしまう。

「ほうほう、これは一段と美味じゃのう。庖丁師よ、これは何でおじゃろうか」

貴徳面の人物は直々に問われ、床にぺったり両手をついた。

その拍子に、面が外れて俎板に落ちる。

「あっ」

誰もが息を呑んだ。

庖丁師は顔を下げたまま、よく響く声でこたえる。

「お召しあがりの品は、河豚の胆にてござ候」

「ふふ、戯れ言を抜かすでない」

「戯れ言ではござらぬ。そろりと、舌が痺《しび》れてまいったのでは」

にやりと笑い、顔を持ちあげた。

無論、蔵人介にほかならない。

だが、その顔は近衛忠熙とうりふたつ、尚義は「ひゃっ」と悲鳴をあげ、腰を抜かしかけた。

かたわらに座る呑海が、猛然と立ちあがる。

「ええい、くせ者じゃ。内舎人ども、出あえい」

叫ぶ悪僧の顔めがけ、蔵人介は庖丁を投げつけた。

「ぬがっ」

つぎの瞬間、庖丁は呑海の額に突きささる。

「ひゃああ」

大広間が混乱の渦と化すなか、上座の尚義は仰向けになったまま、小刻みにからだを痙攣させている。

武装した内舎人たちが、どっと躍りこんできた。

だが、もはや、蔵人介のすがたは何処にもない。

舞鶴のかたわらに、貴徳の面だけが落ちていた。

九

霜月《しもつき》になると、京は一段と寒さを増す。

紅葉狩りの季節は過ぎても、里山の紅葉はまだ充分に見応えがあった。

蔵人介は猿彦に誘われて山科《やましな》の小高い山に登り、桓武《かんむ》天皇に由来する将軍塚《しょうぐんづか》のそばから洛中を見下ろしている。

「帝は和気清麻呂《わけのきよまろ》とこの地に立たれ、新しい都の絵図を描かれたらしいぞ」

今から一千年以上もむかしのはなしだが、猿彦に説かれてみると、そばに帝の霊が佇んでいるような気もしてくる。

それにしても、絶景であった。

一朶《いちだ》の雲もない蒼穹《そうきゅう》を背にして、東山連峰と北山《きたやま》連峰が一望できる。

右手の遠くにみえる高い山は、比叡山であろう。

大比叡の左手に小比叡が連なり、小比叡の下には大文字山の「大」の字が斜めに浮かんでみえた。その麓には銀閣寺《ぎんかくじ》や浄土寺《じょうどじ》があり、鴨川から分岐した高野川の流れを遡《さかのぼ》れば、山間に八瀬の地があるはずだった。

高野川を戻って加茂川との分岐点には、こんもりした緑の濃い糺《ただす》の杜《もり》があり、ひとつの流れになった鴨川を下っていけば、御苑の緑もみえる。

洛中の景観は、ことごとく掌中にあった。

「よいところへ連れてきてくれたな」

「急いで江戸へ戻ると申すゆえ、連れてきたのさ」

「これで見納めになるかもしれぬ」

「まあ、そう申すな。ここはおぬしの故郷かもしれぬではないか」

余計なことを喋ったとおもったのか、猿彦はそれきり口を噤んだ。

蔵人介が近衛忠熙に似ているという噂は耳にしたはずなので、想像を逞しくすれば、人買いに攫われた公卿の子かもしれぬと考えるのは致し方のないことだ。

たとい、それが真実だったとしても、猿彦の態度が変わることはない。

今となってみれば、出自など、どうでもよいことのようにおもわれた。

「こたびのこと、御屋形さまはえらく感謝しておられたらしいぞ」

内舎人を率いる宝来綾彦によれば、近衛忠煕の謹慎はまもなく解かれる見込みだという。

九条尚義は病死とされ、呑海はその存在すらも無かったことにされた。

一方、九条家と結んで私腹を肥やしていた禁裏付の清田外記は、所司代の牧野備前守から切腹の沙汰を受けていた。

「九条家はどうなる」

「どうにもならぬさ。摂家は禁裏を支える屋台骨。潰すわけにはいかぬ。さっそく後継も定まったらしいしな」

「さようか」

「これで、ひとまずはおさまった。村は残った者たちで再生していく」

猿彦はぽつりと、意外な台詞を口走った。

「じつは、わしもここから眺める景色ははじめてでな」

「えっ、そうなのか」

「ああ。どうやって、ここを知ったとおもう」

「さあな」

「弥十爺さんの遺言なのさ。自分に万が一のことがあったら、六波羅蜜寺へ行けと言われておった」

平清盛の墓所がある寺には、本尊の十一面観音像を安置する厨子《ずし》がある。その厨子に描かれた桃源郷をみよと、猿彦は長老に告げられていたらしい。

「それで、みたのか」

「急いでな。昨晩のことだ」

そっと本堂に忍び、秘仏の厨子を開いてみたらしい。

「内側に描かれておったのが、今わしらがみておる風景さ」

「それで、ここへ」

「ふむ。ここに登れば、爺さんがどうしてそんなことを告げたのか、わかるかもしれぬとおもうてな。されど、いっこうにわからぬ」

蔵人介はこのとき、心ノ臓の高鳴りをおぼえていた。

「どうした、顔色が変わったぞ」

猿彦に促され、重い口を開く。

「近衛さまがな、同じことを囁いておられたのだ」

「えっ」

大徳寺の山門前で輿に顔を近づけたとき、たしかに耳許で囁かれた。

「六波羅蜜寺へ忍び、ご本尊の安置された厨子を眺めてみよと仰せになった」

「もしや、それは」

「清盛の遺した三百万両。その隠し場所をしめした地図かもしれぬぞ」

「くふふ、なるほど。されど、何故、さような重大事を弥十が知っておったのか」

「わからぬ。とりあえず、厨子の絵を今一度じっくり眺めてみなければなるまい」

「つきあうか」

猿彦に問われ、蔵人介は首を横に振った。

「いいや、遠慮しておこう」

「ふん、欲の無い男だ」

「お宝は浄財だと聞いた。勝手に使えば罰が当たる」

「脅かすな。されど、おぬしの言うとおりかもしれぬ。出たら出たで災いのもとになるなら、埋めておくにかぎる」

「ふっ、そういうことさ」

蔵人介は笑いながら、比叡山の麓に目をやった。

今は半壊してしまったが、まちがいなく八瀬の山里は桃源郷にほかならない。

離れがたい気持ちが胸に渦巻き、泣きたい衝動に駆られてしまう。

猿彦は笑うのをやめ、苦々しい口調で言った。

「もうひとつ、気になることがあってな。蜻蛉のことだ」

「犬丸大膳の娘か」

「血の繋がりはない。大膳が自分の都合で養女にし、くノ一に育てたのだ」

「やけに詳しいな」

「真葛の妹なのさ」

「えっ」

蔵人介はことばを失う。

猿彦は自嘲した。

「真葛には、血を分けた兄と妹がおった。物心がついたころに生き別れになったとは申せ、平静な気持ちではいられまい。兄も妹も大膳に攫われて忍びに仕立てあげられ、悪党の走狗《そうく》になりさがった。自分だけが運良く助かったという負い目もあろう。しかも、百舌鳥と綽名された兄は、夫であるわしに殺められた。時折遠い目をしてみせるのは、おのれの運命《さだめ》を呪っておるからにちがいない」

蔵人介は強く否定する。

「そうはおもわぬ。真葛どのはきっと、おぬしに感謝しているはずだ。その証拠《あかし》に、佐助がおるではないか」

「ふっ、すまぬな。余計な心配をさせてしもうた」

「いいさ」

猿彦との関わりが、以前よりも親密になったようにおもう。

それだけでも、京へ上ってきた甲斐はあった。

「江戸へは、どうやって戻る」

「淀川《よどがわ》を下る。大坂湊から樽廻船に便乗するつもりだ」

串部と卯三郎は樽廻船に乗る手続きをおこなうべく、昨日のうちに大坂へ先行させていた。

「されば、伏見《ふしみ》から乗合船だな。伏見稲荷にでも参ってから行くといい」

「ああ、そうしよう」

ふたりはうなずきあい、肩を並べて山を下りていった。

杣道を一歩ずつ踏みしめていくと、京であった出来事が何もかも夢のように感じられてくる。

「露とおち露と消えにしわが身かな、難波《なにわ》のことも夢のまた夢」

何故か、太閤秀吉《たいこうひでよし》の辞世が口をついて出た。

難波を洛中に替えれば、この地で見果てぬ夢をみた者たちのことが脳裏を過ぎる。

「志乃さまに、くれぐれもよろしゅう」

猿彦は笑いながら言った。

江戸で待つ者たちの顔が浮かんでくる。

さよう、戻るべきさきは、江戸で待つ家族のもとにほかならない。

淡々と繰りかえす日常こそが得難いものであることを、蔵人介はあらためて肝に銘じていた。

熨斗《のし》のきいた裃を纏い、早朝の爽やかな風に吹かれながら出仕する。

蒼天に聳える豪壮な千代田城が、大きな羽を広げた鶴の雄姿とかさなった。

一刻も早く、江戸へ戻りたい。

蔵人介にしてはめずらしく、そんなおもいに駆られていた。

十

伏見の平戸《ひらど》橋から出航する乗合船は三十石船《さんじっこくぶね》と称し、多いときで三十人近くの客を乗せて夕暮れの川面を漕ぎすすむ。

琵琶湖《びわ》を源流とする川は上流では瀬田川《せたがわ》と呼ばれ、洛中では宇治川《うじがわ》と名を変えた。さらに、京大坂の境あたりで桂川《かつらがわ》や木津川《きづがわ》と合流してからは淀川となって和泉《いずみ》湾へ注いでいく。

蔵人介は七十二文《もん》の船賃を払い、船上の人となった。

船の大きさは長さ五十六尺、幅八尺三寸と聞いていたが、満杯の客が乗りこむと狭く感じられた。

船頭は四人で、三人は棹を持ち、ひとりは艫《とも》で舵《かじ》を操っていた。

上りの船になると船頭はふたり増え、船賃も百文上乗せされるという。

屋根は丸太を渡した上に苫《とま》で覆っただけの簡素なものだが、雨露はどうにかしのぐことができそうだ。床は竹の簀《す》の子《こ》に莫蓙を敷いただけなので、長いこと同じ姿勢でいると尻が痛くなってくる。

大坂の八軒家《はちけんや》に到着するのは早朝らしかった。

遊山《ゆさん》の客は少なく、みな、仏頂面《ぶっちょうづら》で黙りこんでいる。

時折、赤ん坊の泣き声が聞こえてきた。

母親の隣であやす行商もいれば、舌打ちをする浪人もいる。

若い母親は乳で口をふさぎ、赤子《あかご》を必死に黙らせようとしていた。

あたりは次第に暗くなり、やがて、川面は黒い鏡面と入れかわる。

霜月だけあって、風は冷たい。

空を見上げれば、糸のような月が群雲《むらくも》を裂いていた。

客たちは羽織や合羽を余計に纏い、凍えた鳥のように身を寄せあっている。

空腹に耐えかねたのか、握り飯を頬張る者もあった。

蔵人介もさきほどから、空腹を感じている。

食べ物はないので、我慢するしかない。

「もうすぐ、枚方《ひらかた》どす」

船頭のひとりが叫んだ。

枚方の上下一里あたりは川幅が広く、流れもゆったりとしている。

船首の向こうに点々とみえるのは、餅や汁や酒を売る小船の灯りであろう。

「くらわんか、くらわんか」

名物のくらわんか船が、何艘も近づいてくる。

聞きようによっては無礼な物言いも、乗客たちには喜ばれるようだった。

それは悪態を吐けば悪霊を祓《はら》うことができる地元の迷信からきており、くらわんか船の物売りたちに声を掛けられれば道中安全でいられるという。

客たちは声のするほうに顔を向けたが、買おうとする者はいなかった。

「牛蒡《ごぼう》、くらわんか」

一艘の船が、蔵人介の座る船首寄りの船端に近づいてくる。

小船を操っているのは若い女で、細長い牛蒡を握っていた。

野良着を纏い、豆絞りで頬被りをしている。

煤《すす》で汚れた顔を向け、ぷっと頬を膨らました。

「ぬっ」

咄嗟に、打飼《うちがい》を翳す。

——とんとん。

ふくみ針が二本刺さった。

刹那、女はふわりと宙に跳び、三十石船に舞いおりる。

「ひゃああ」

乗客たちが混乱に陥った。

船は大きく左右に揺れ、川に落ちてしまう者もいる。

女は直刀を抜きはなち、蔵人介に斬りつけてきた。

「ふん」

抜きの一刀で退けるや、女は空中で一回転し、艫寄りに降りたつ。

船は上下に揺れ、また何人かが川へ投げだされた。

蔵人介は鳴狐を鞘に納め、爪先で躙りよっていく。

「おぬし、蜻蛉だな」

喋りかけると、女は狂ったように哄笑した。

「ぬひゃひゃ、京から生きて出られるとおもうたか」

「無駄なことはするな。犬丸大膳も呑海も死んだ。そして、九条尚義もな。おぬしに密命を下す者は誰もいない」

「それがどうした。密命を下す者は死んでも、密命は消えん。果たさずにおけば、夢見が悪かろう」

「見上げた心構えだ。されど、命を粗末にするな。今からでも遅くはない。つまらぬ矜持《きようじ》を捨てて、生きなおすのだ」

「笑止」

蜻蛉は般若のように眦《まなじり》を吊りあげ、崩れかけた苫の陰から赤子を拾いあげた。

「ああ、おやめくだされ」

抗う母親は足蹴《あしげ》にされる。

赤子は恐怖に縮みあがり、泣くことすら忘れてしまっていた。

「矢背蔵人介、刀を捨てよ。さもなくば、赤子を串刺しにいたすぞ」

「待て。おぬしに、さような非道ができるのか」

「ふふ、できるわ。密命のためなら、何でもしてきた。子殺しでも何でもな」

蔵人介は大小を帯から抜き、蜻蛉の足許へ抛《ほう》りなげた。

「くく、存外に甘い男のようじゃ」

蜻蛉は大小をまたぎ、間合いを詰めてくる。

ただし、赤子は手放そうとしない。

胸に抱えたままなので、蔵人介としては為す術もなかった。

「わかった。命はくれてやる。赤ん坊は母親に返してやれ」

「それはできん。おぬしを仕留めたら、赤子も死ぬ。それがこの子の運命、人は運命に逆らえん」

と、そのとき。

艫のほうから、一陣の風が吹いてきた。

櫓を操っていた船頭が、蜻蛉の背後に立っている。

「うっ」

気づいたときは遅かった。

振りむいた蜻蛉は、盆の窪に短刀を突きたてられている。

菅笠をかぶった船頭の腕には、赤子がしっかり抱えられていた。

「……お、おぬしは」

蔵人介の問いかけに応じて、船頭は菅笠を外す。

あらわれたのは、涙に覆われた真葛の顔だった。

「夫に申しつけられました。大坂まで無事にお送りするようにと」

「……す、すまぬ」

「覚悟はしておりました。されど……さ、されど、妹のことが不憫《ふびん》でなりませぬ」

嗚咽《おえつ》を漏らす真葛の肩を、優しく抱いてやりたかった。

船頭たちは遺体を筵で包み、そのまま船を走らせる。

川に落ちた客たちは、小船に救われたにちがいない。

そうであることを、蔵人介は祈った。

誰ひとり、ことばを発する者はいない。

三十石船は、ゆったり川面を進んでいく。

老いた客のひとりが五合徳利を取りだし、ぐい呑みに酒を注ぎはじめた。

弔いの酒のつもりなのか、ぐい呑みを高く掲げるや、酒を川に流す。そしてまた酒を注ぎ、飽きもせずに同じ仕種を繰りかえす。

客たちは厳かな表情で、老いた客をみつめていた。

果てなき宴の終焉《しゅうえん》に、何が待つというのだろうか。

しばらく漕ぎすすむと、東涯が白々と明けてきた。

「ご来光や」

船頭の嬉々とした叫びが、軋んだ心の救いとなった。


淀川が曙光に煌めきだしたころ、桐は八瀬天満宮の裏手にある竹林のなかへ分けいっていた。

佐助とかくれんぼをしているうちに、見知らぬ場所へ迷いこんでしまったのだ。

そこは、亡くなった弥十が「結界」と呼んだところにまちがいなかった。

耳を澄ませば、鳥たちの声に混じって小川のせせらぎが聞こえてくる。

喉が渇いたので、そちらへ行ってみると、澄みきった川が流れていた。

川縁で俯せになり、水をごくごく呑む。

鹿にでもなった気分だ。
とても気持ちがよい。
「ん」
何かに気づいて、顔を持ちあげた。
川の底で、平たいものが煌めいている。
冷たいのを我慢して、肩のあたりまで腕を突っこむ。
拾いあげてみると、それは黄金のかたまりだった。
ずしりと重い。
小判にも似ていたが、俵目《たわらめ》も文字もなかった。
上流のほうをみると、川が眩いばかりに輝いている。
「何だろう」
桐は恐いのも忘れ、泥濘《ぬかる》む川縁を進んでいった。
近づいてみると、黄金のかたまりが沈んでいる。
川を堰《せ》きとめんばかりの量に驚かされた。
おそらく、もっと上流から流れてきたのだろう。
雨のせいで、山の一部が崩れたのかもしれない。

ふと、弥十に言われたことをおもいだした。

「六波羅蜜寺のご本尊を納めた厨子に、ふたつの風景が描かれておってな。ひとつは山科の将軍塚から洛中を見下ろした風景じゃ。されど、もうひとつは消えかかっておる。描かれておったのは、桐もよく知る桃源郷の風景じゃ」

洛北の八瀬こそが、平家のお宝を隠した地であったのかもしれない。

もしかしたら、それこそが近衛家が八瀬にこだわる理由のひとつだったとしても、幼い桐に理解できるはずはなかった。

比叡山の麓には、高僧の法力をもってしても見抜けぬ結界がある。

黄金の川を遡る桐のすがたは、やがて、曙光の煌めきとともに消えていった。

光文社文庫

文庫書下ろし／長編時代小説
運命《さだめ》　鬼役《おにやく》(三)
著者　坂岡《さかおか》　真《しん》

2016年12月20日　初版1刷発行

発行者　鈴木広和
印刷　慶昌堂印刷
製本　ナショナル製本

発行所　株式会社　光文社
〒112-8011　東京都文京区音羽1-16-6
電話（03）5395-8149　編集部
8116　書籍販売部
8125　業務部

落丁本・乱丁本は業務部にご連絡くだされば、お取替えいたします。
ISBN978-4-334-77405-9　Printed in Japan

組版　萩原印刷

キリトリ線

鬼役メモ

画・坂岡 真

※ページ内側にあるキリトリ線で切って、備忘録にお使い下さい。

キリトリ線

鬼役メモ

画・坂岡 真

※ページ内側にあるキリトリ線で切って、備忘録にお使い下さい。

鬼役メモ

画・坂岡 真

※ページ内側にあるキリトリ線で切って、備忘録にお使い下さい。

キリトリ線

鬼役メモ

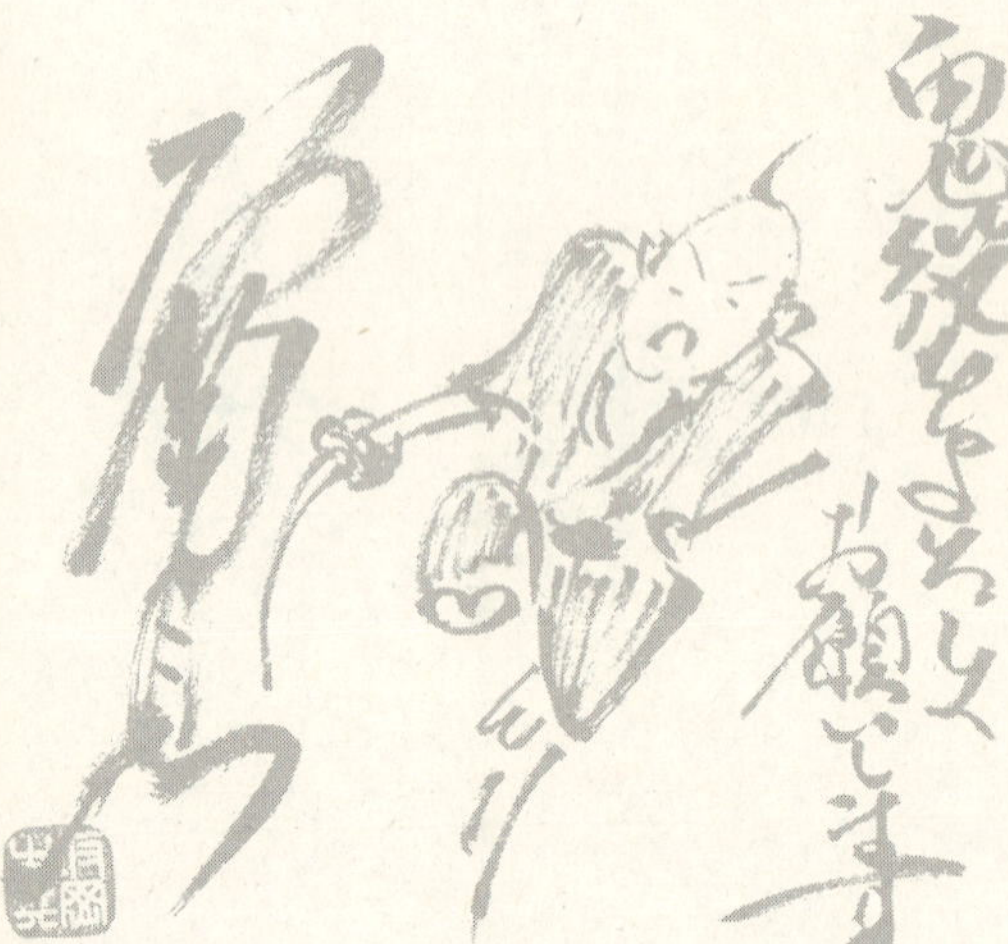

画・坂岡 真

※ページ内側にあるキリトリ線で切って、備忘録にお使い下さい。

キリトリ線